穂積潜
illust.希望つばめ
転生。
知り尽くした
ギャルゲに転生したので、
鬱フラグ破壊して
自由に生きます

曇《くも》りなき青《あお》空《ぞら》の下で　鬱ゲー紹介

STORY

退屈な田舎村。
たわいない日常。
ずっと続くと思っていた。
そうあの日までは。

成瀬祐樹。
自然に恵まれた山間の村に
暮らす彼には、天真爛漫な美汐と
しっかり者なお姉さんのみかという、
二人の幼馴染の少女がいた。
夏休みのある日、三人は蝉取りのために、
慣れない山中に分け入る。
その幼い冒険心が、血と因習にまみれた
呪われた神話を解き放つとは知らずに……

注意 ABOUT

弱小ギャルゲーメーカーが発売した、コンシューマーゲーム。全三部作の第一作目。ジャンルは、日本の田舎を舞台にした、和風伝奇ホラー要素を含む泣きゲー。ライターが元々18禁の陵辱ゲー出身だったため、ギャルゲーとしては過剰な、陰鬱でグロテスクな描写が散見される。通称くもソラ

CHARACTER

に転生した主人公

成《なる》瀬《せ》祐《ゆう》樹《き》

VOICE1 VOICE2

くもソラのことは裏設定まで知り尽くしている。あらゆる手段を駆使して鬱フラグの破壊を試みる

CHARACTER

みか姉

VOICE1 VOICE2

主人公の幼馴染で初恋の相手。1歳年上のお姉さんで、ほのかな色気がある。貴重な常識人ヒロイン。それが祟って原作ゲームではよく死ぬ

CHARACTER

ぷひ子

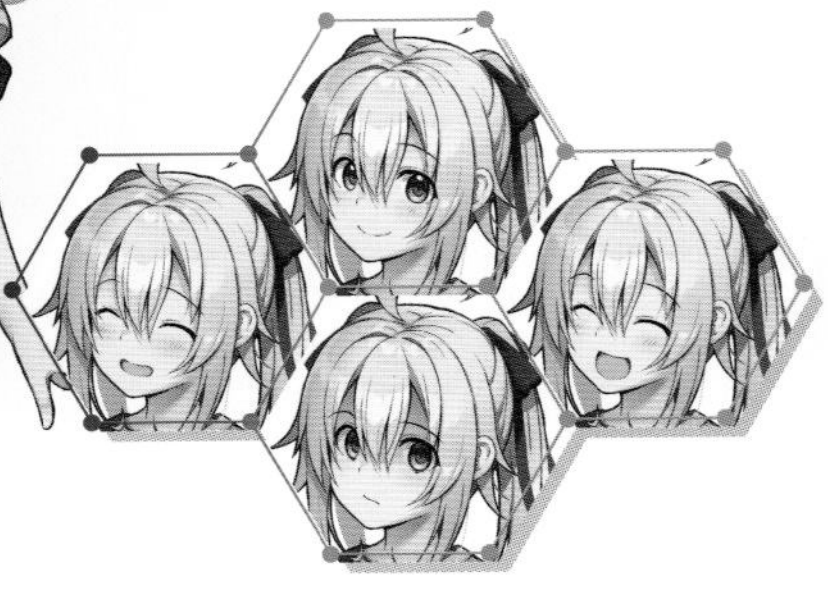

VOICE1　VOICE2

隣に住む幼馴染ヒロイン。主人公が他のヒロインと仲良くすると嫉妬しがち。原作ゲームでは嫉妬から闇落ちしてよく世界を滅ぼす

CHARACTER

アイ

VOICE1 VOICE2

異能研究施設から救い出され、主人公の護衛を務める。設定上はかなり強い筈なのだが、原作ゲームでは出た時には死んでたモブキャラ

CHARACTER

シエル

VOICE1 VOICE2

ツンデレ金髪お嬢様枠、貴族の末裔。あくまで相対的にだが、原作ゲームで一番シナリオが（主人公的に）安全でまともなヒロイン

INDEX

the Depression Game Reincarnation....

鬱ゲー転生。

知り尽くしたギャルゲに転生したので、鬱フラグ破壊して自由に生きます

穂積 潜

ファンタジア文庫

3171

口絵・本文イラスト　希望つばめ

鬱ゲーとは鬱展開まみれのゲーム

第一章　ノーマルエンドは甘え

「たまにはちゃんと掃除でもするか」

　俺は証券会社勤めの忙しさにかまけて、家事をサボりがちな自分に喝を入れるように呟《つぶや》いた。

　両親は既に他界し、恋人もいない俺は天涯孤独の身。何でも一人でやらなくてはいけない。

「えっと、この段ボールには何入れてたっけ——ああ、ギャルゲーか……。昔よくやったな」

　部屋の隅の段ボールを開けて呟く。

　学生時代、俺は生粋のギャルゲーマーだった。ギャルゲーはモテない俺のオアシスであった。

「まとめてどっかに適当に売るか……。それにしても、懐《なつ》かしい。これとか、好きだったな」

　俺は、段ボールの中から、一本のギャルゲーを拾い上げた。

そのタイトルは『曇りなき青空の下で』、通称『くもソラ』という。

くもソラは、と○メモタイプのシミュレーションゲーではなく、選択肢を選んでストーリーを読み進める、いわゆる『紙芝居ゲー』である。内容としては、日本の田舎を舞台にした和風伝奇ホラー要素を含む泣きゲーだ。

オタクの間での知名度は低いが、当時は全くの不人気ではなく、計三シリーズが発売される程度には売れた。総合的な評価としては、名作には遠く及ばず、佳作――程度な感じだろうか。

「そういや、これが初めて買ったギャルゲーだっけ」

懐古的な気分になった俺は、他の段ボールから時代遅れの家庭用ゲーム機を引っ張り出してきて、ギャルゲーのディスクをセットした。メモリーカードも……、よし。まだ生きてる。

冷蔵庫からビールを取り出して、ゲームを起動した。

抜けるような蒼穹《そうきゅう》をバックに、タイトル画面が俺を出迎える。

実は、このゲーム、初プレイ時はタイトル画面のバックが完全な曇り空だが、ヒロインを攻略するたびにちょっとずつ空が晴れていき、トゥルーエンドを迎えると、今のような『曇りなき青空』が現れる演出になっている。つまり、当時の俺はこれを全クリしたということだ。

早速、『はじめから』を選択する。

『──ぬばたま。三日月。紅の蝶《ちょう》。破れた蚊帳《かや》。朽ちる黄金。蛭子《ひるこ》の神楽《かぐら》』

意味深な単語を呟く、重苦しい着物を羽織った黒髪の女。

「ああ、そうそう。この感じ」

俺はその、トゥルーエンド攻略対象（ラスボス）のセリフを途中で遮って、速攻スキップボタンを押した。そして、主人公が目覚める。彼は何も覚えていない。

当時は引き込まれたが、今から思えば陳腐な演出だ。

（つーか、夢のシーンから始まるギャルゲー多すぎじゃね？）

俺はスキップを駆使して読み飛ばしながら、ゲームを進めていく。

そんなんで内容がわかるか？

もちろんわかる。何度もやったゲームだし、実を言うとただのおっさんリーマンの俺にも、一つだけ誇るべき特殊能力があるからだ。それは、『カメラアイ』と呼ばれる、『瞬間記憶能力』であり、俺は一度見たテキストなら、どんなものでも細部まで思い出すことができる。

じゃあなんでもう一回やる必要があるのか。

それは、ギャルゲーとはストーリーだけじゃなく、音楽、絵、テキストが渾然一体《こんぜんいったい》となって生み出される総合芸術だからだ。テキストだけ思い出しても、意味がないのである。

ともかく、主人公の少年時代のパートがスタートする。

『ぷひひ。ゆーくん。おはよ』

寝起きの主人公の身体《からだ》の上に乗っかっている金髪ツインテールの美幼女が、満面の笑みと共に挨拶してくる。彼女の名前は、御神美汐《みかみみしお》。くもソラのメインヒロインであり、いわゆる『天然ドジっ子幼馴染《おさななじみ》キャラ』である。鼻をぷひぷひ鳴らすので、主人公から『ぷひ子』というあだ名で呼ばれている。

「そもそも、このメインヒロインは　あんまり好きじゃないんだよなあ」

俺はどうもマイナー厨《ちゅう》の気があるらしい。あまり知名度のないゲームを好きになるし、ヒロインも不人気の奴《やつ》から攻略したくなることが多い。

「別のヒロインを——おっ。さすが俺。こまめにセーブデータを整理してある」

スキップとロードを駆使して、数時間で再び全ヒロインを攻略し直し、プレイを終える。

「ま、こんなもんだよな」

懐古欲は満たされたが、やはり昔のように感動はできなかった。

俺ももう、三十代も後半。創作物とはいえ、キラキラした青春の物語を——ギャルゲーを素直に楽しめる年齢ではなくなってしまったということだろう。

どこかもの寂しい気分になった俺は、そのまま寝酒のビールを呷《あお》り、ベッドに倒れ込んだ。

＊　＊　＊

「ぷひひ。ゆーくん。おはよ」

目が覚めたら、眼《め》の前《まえ》にパジャマ姿の美幼女がいた。

彼女は俺の顔の両横に両手をつき、ぷひぷひと笑っている。

（え？　なに？　夢かよ。どうせだったら、俺の好きなヒロインが出てこいや）

昨日、懐かしのギャルゲーをやったせいだろうか。混乱した意識のままで、俺はその美幼女――御神美汐を無言で見つめた。

長いまつ毛をしばたたかせ、野性を失った家猫のようなくつろいだ顔。

その天使のような容姿に見合った、美幼女特有のミルクのような甘い香りが鼻をくすぐる。

いかにもなテンプレ幼馴染然とした姿。しかし、その唯一の例外たる口の端にひっついた茶色い塊が、これが俺にとっての都合の良《い》い夢ではないと告げている。その正体は――

いや、今はそれどころではない。

(おいおい。なんだよ。転生？　どうせなら、異世界でチート生活がしたかったんですけど！)

半信半疑の状態ながら、どうやらここがくもソラの世界らしいと、俺は信じ始めた。

「もー、なにぼーっとしてるの。はやくしないと朝ごはんが冷めちゃうよ。今日はね。茨城県からおとりよせした、いい納豆の日なんだよ。起きないともったいないよ！」

ぷひ子がこちらに顔を近づけてくる。

(原作通りならここで選択肢が——出てこない？)

たしかゲームならここで

↓『自分の納豆を賄賂に渡す』

↓『一緒に寝ようと誘惑する』

↓『素直に起きる』

な感じで選択肢が現れたはずだが、現在特にそういう兆候はない。某ラノベのように脳内選択肢が発生するシステムではないようだ。

俺は、とりあえず、素直に起きることにした。

そのままぷひ子に手を引かれ、お隣のぷひ子家へと向かう。

ちなみに、ここが本当にくもソラの世界だとすれば、家には俺一人だろう。俺が憑依《ひょうい》だか転生だかしてしまったらしい、くもソラの主人公『成瀬祐樹《なるせゆうき》』の父親は、滅多に家に帰ってこない。

主人公の父親は考古学者の設定で海外を飛び回っており、ギャルゲーのセオリーどおり、基本的には家を空けている。なお、母親と父親は離婚している父子家庭の設定だ。完全な育児放棄だがなぜかギャルゲー時空では許されるそれを補うため、美汐《みしお》の両親が主人公（俺）にあれこれ世話を焼いてくれているのだ。当然、接触機会が増えるとぷひ子と主人公は幼馴染になりフラグが立つというテンプレな設定である。

「おはよう。ゆーくん。上手《うま》くできてるかしら」

「はい。美味《おい》しいです。いつもごちそうさまです」

俺は、妙にエロいぷひ子ママの作ってくれた朝飯を口にしてから言う。なお、彼女はファンディスクで攻略対象になり、色んな意味で某掲示板のスレが荒れた。

「そんなにかしこまらなくていいのよ。ゆーくんは私たちにとっても家族みたいなものだから――あら、美汐《みしお》、口の端っこに納豆がくっついてるわよ」

「ぷひゅひゅー、ほんとだー」

ぷひ子が自身の口の周りをまさぐり、納豆を取って食べる。

もう、せっかく俺がスルーしてあげてたのに、ぷひ子ママがバラしちゃった。

納豆は、ぷひ子の好物であり、彼女のトレードマーク的な食べ物である。

実は、さっき、寝起きの俺は、危うくぷひ子の納豆付き唇にチューされるピンチだったんだよね。

でも、納豆臭いキスはぷひ子ルートのクライマックスのキメシーンのイベントだから、簡単にさせてやる訳にはいかねえな！

（味覚もちゃんとあるし、やっぱ夢じゃないか……）

朝食を全て腹に収める頃には、俺は冷静さを取り戻していた。

（俺はくもソラの主人公、成瀬《なるせ》祐樹《ゆうき》になった。作中通りの設定なら、俺は今、小学校二年生。時代は作中では明示されてないが、西暦二〇〇〇年を迎えて数年以内）

つまり、今から大体二十年くらい前。パソコン経由でネット環境はだいぶ普及したが、携帯はガラケーの時代だ。

「あれー、ゆーくん。ジュースいらないの？」

「いらん。お前にやる」

『ずばり健康おかめ味』という、納豆エキス入りのゲロ不味《まず》い缶ジュースを横目に、俺は呟《つぶや》く。

「ぷひゃひゃ。ゆーくんやさしー！　だから好きー」

ぷひ子は鼻を膨らませてぷひぷひと笑って、缶ジュースに手を伸ばした。

こういう突飛な食べ物でキャラ付けする文化、昔はあったなあ……。

「ねー。ゆーくん。このあと、神社で蟬取《せみと》りするんだよねー。はやく行こうよー。みかちゃんも待ってるよー」

（きたっ！）

ここが、物語のプロローグであると共に、第一の分岐点だ！

今、ここで『蟬取りに行く』を選ぶと、その時点でぷひ子ルートに突入する。

『やっぱやめる』を選択すると、他のヒロイン攻略の道が開ける。

というか、そもそも、ゲームでは一周目はぷひ子ルートしか選べない。ぷひ子ルートは、このくもソラの物語の全体像を提示するイントロダクションの役割を果たしているからだ。

それはともかく、ぷひ子ルートを思い出そう。

このルートでは、俺とぷひ子とみかちゃんの三人で神社での蟬取りに向かう。ちなみにみかちゃんとは、もう一人の幼馴染であり、主人公の初恋の女の子だ。

三人で蟬取りを楽しみ、小学生らしくちょっと冒険したい気分になった主人公一行は、いつもは行かない人気《ひとけ》のないやぶの中に分け入る。そこで、主人公はみかちゃんが好きなので、みかちゃんにモーションをかけ、なんやかんやでいい雰囲気になる。いちゃいちゃする主人公とみかちゃんにNTRで脳が破壊されたぷひ子は、いたたまれなくなってその場から逃げ出す。

そして、逃げ出した先でうらぶれた拝殿を見つけ、ふとした悪戯心《いたずらごころ》からその中に入るのだ。そこには、ご神体が封印された箱が安置されており、ぷひ子はそれを知らず、悪戯心で封印を解いてしまう。そこで、ぷひ子はダイレクトに強めの呪いの気を受け、『ぬばたまの君』の怨念に取り憑《つ》かれる。

呪いはぷひ子の負の感情を増幅し、みかちゃんへの嫉妬心を爆発させたぷひ子は、拝殿からの帰り道に発生した遭難事故を利用して、みかちゃんを殺す。

まあ、正確には、殺すというより、『助けられたのに見殺しにした』のパターンだが、ともかく、みかちゃんは死ぬ。

この事故で、ぷひ子と主人公は心に深い傷を負い、ぷひ子のトラウマは『ぬばたまの君』の怨念を刺激して、歴史の奥に封印された呪いが発動し、国産みの神話の時代まで遡る壮大な伝奇ホラーストーリーが始まる——という訳だ。

つーか、ぷひ子、一見、天然キャラ風なのに、納豆みたいな粘着質な性格してるからね！

あ、ちなみにみかちゃんは、ぷひ子ルート以外だと普通に生き残って、青年時代にはちゃんと攻略対象になるので安心だゾ！

さて、問題はこの世界でのルート進行だ。もし、強制的にルートが定められていれば、俺は問答無用でぷひ子を攻略しなければならない。今の俺はみかちゃんを好きでもなんでもないが、わざわざ見殺しにするほど畜生でもないので、ぷひ子ルートは回避したいところだが……。

「んー、やっぱ気が変わった。今日は海に行こう」

「えー、蝉さんはー？」

「魚の方がいいじゃん。釣ったら食えるし」

「んー、わかった。じゃあ、帰りに駄菓子屋さんに寄ってくれるならいいよ」

「よし。決まりだ。みか姉にはお前から連絡しておいてくれ」

俺が電話すると嫉妬して変な地雷を踏みかねないからね。全くこの納豆娘は。

「はーい。竿《さお》とかはゆーくんが用意してねー」

「わかった。一回家に戻って準備してくる」

（ふう。とりあえず、一周目のルート強制はないようだな。もしこの世界が全クリ済みの俺の攻略データを引き継いでいるのだとすれば、当然の話ではあるが）

ひとまずほっと胸を撫《な》で下ろした俺は、自身の家へと引き返した。

黙々と釣り竿を準備しながら、思考を繰る。

（さて、俺がくもソラの主人公になったたっつーことは、俺はこのギャルゲーの適当なヒロインのルートをクリアしろってことか？　技術的には無理ではないが……）

ぶっちゃけ、ゲームとしての『くもソラ』をクリアするのは大して大変な作業ではない。

そもそも、くもソラはそんなに難しいゲームではないのだ。どのヒロインであれ、エンディングに至るまでの積み重ねのパートでふざけた選択肢を選びまくって好感度を下げたりせず、かつ、終盤の二つか三つかある重要な選択肢を間違えなければ普通にクリアできる。

じゃあ何が問題かって？

その『過程』のストーリーがめちゃくちゃヤバイ。

例えば先《さっき》のぷひ子のルートはさすがメインヒロインだけあって壮大で、『何千年も輪廻《りんね》転生を繰り返し、呪いに至る因縁を解きほぐしつつ、一つの愛を貫く』というものだ。

文字にするとロマンチックな話だが、具体的には、応仁《おうにん》の乱から第二次世界大戦に至るまで、ひたすら戦乱の最前線に放り込まれる。なぜかっつーと、大古の昔、国産みの神々に捨てられた蛭子《ひるこ》神の呪いが云々《うんぬん》、人々の戦を誘発して云々な設定だからだ。

まさに艱難辛苦の地獄。ゲームなら、主人公がいくらひどい目に遭ってもいい。テキストをせいぜい一、二時間読めばそれで何千年をスキップできる。だけど、実際生身で何千年も輪廻転生を体験させられたら、確実に頭がおかしくなる。精神崩壊不可避だ。

(ともかく、ぷひ子ルートだけは絶対、攻略したくない。マジ辛《つら》い)

じゃあ、ぷひ子以外のルートなら良いのか？

いや、ダメだ。

その他のヒロインのルートも、『主人公がヒロインの呪いの一部を引き受けた副産物として得た不老不死とループの力で、怪物やら刺客やらに何度も何度も殺されながら強くなって、ヒロインを守り抜く』、『悪夢にとらわれたヒロインを探すために、サイ○ント○ル的なドロドロとグチャグチャしかない精神世界に挑む』、などなど、程度の差はあれど、どのヒロインのルートを選んでも、めっちゃ辛い目に遭う。

どれもギャルゲーとしてプレイするならともかく、実際には体験したくないものばかりだ。

くもソラは泣きゲーである。泣きゲーを盛り上げるためには、それ相応の障害が必要だ。それはわかるのだが、このゲームはその過程がとにかくきつい。グロくてエグいのである。

(そもそもこのゲームのライターの真骨頂は、陵辱&グロゲーだしな)

買った後で知ったことだが、このギャルゲーのメインライターは18禁ではその手のジャンルで有名な男だった。ライターの嗜好《しこう》に合わないジャンルを書かされたのだろうか。憂《う》さ晴《ば》らしのように、試練パートでは徹底的に主人公を追い込んでくる。もっとも、少年時代の俺は、「この尖《とが》りっぷり最高！」などと厨二《ちゅうに》な賛辞を贈っていたが、実体験するのは絶対にいやだ。

つーか、ストーリー上は不必要なほどの残虐で陰惨なシーンが、このゲームを佳作どまりにした原因だと思う。一般受けしない。本当は、ライターはひ○らしをもっとドぎつくしたみたいなのを書きたかったのかもしれないが、商業的にNGを喰《く》らった結果、当時流行《はや》っていた泣きゲー要素をねじ込まれた結果のくもソラなのではと、俺は邪推していた。

さて、そんな考察はともかく、創作物だと、こういう俺みたいなゲーム世界に転生した人間が目指すべきは、誰ともくっつかないが、ひどい目にも遭わないノーマルエンドだが……。

(でも、このゲーム、ノーマルエンドなんてねえんだよな……)

全てのギャルゲーにノーマルエンドがあると思ったら大間違いだ。くもソラの場合、全員に興味のない選択肢を選び続けても意味がない。仮にそうした場合、最悪のワーストエンド——古《いにしえ》の呪いが際限なく蔓延《まんえん》して、世界滅亡エンド——となる。

くもソラではヒロインの攻略と、ヒロインの悩みやトラウマに刺激されて発動してしまった呪いから世界を救済するのが、ニコイチでセットになっている。全てのヒロインは、昔この地方にいた、ラスボスの『ぬばたまの君』という女の血を引く、『ぬばたまの巫女《みこ》になる素質を持つ乙女』であり、ラスボスのぬばたまの君と魂がリンクしているからだ。

基本、ゲームがハッピーエンドを迎える＝ヒロインの悩みやトラウマが解消されて幸せになることによって、ヒロインとリンクしたぬばたまの君の魂が間接的に癒《いや》されて、呪いが収まる、という構図である（収まるだけであって解決ではない）。ちなみに、根本解決をするにはトゥルーエンドだが、あれはもう、言葉にしたくないくらいキツいので選択肢には入らない。

（んー、正攻法でいくなら、なるべくマシなヒロインのルートを選ぶしかないよな……）

どのヒロインのルートもキツいが、強いてマシなのを挙げるとすれば、シエルルートか。この娘はいわゆる、外国人の血が入っている『金髪ドリルお嬢様』枠だ。主人公はなんやかんやでシエルちゃんの従者になって、彼女を望まない政略結婚から救い出すために死ぬ気で色んな訓練を受ける——的なやつである。このゲームでは一番グロくないルートだが、それでも途中にダース単位でちょっとミスれば死にそうな場面が出てくる。

（でもなあ、やっぱり気が進まないよ）

この世界の人間にゲームのプログラミングでない人格があるなら、好きでもないのに攻略するのは失礼だ。それに、あらかじめこちらが相手の心につけいる選択肢を知っているというのも卑怯《ひきょう》な気がする。

なので、できれば、ゲームに出てきたヒロインたちとは深い関係にならずにいきたい。

なんとかならないものか……。ぶっちゃけ、ヒロインたちとの恋愛関係はどうでもいいのだ。世界を滅亡させる呪いさえなんとかできれば……。呪いを根本解決——は無理だ。発想を変えろ。俺のこの世界での寿命が尽きるまでどうにかできればいい。そう考えると——。

（待てよ……。呪いは全て、ヒロインたちのトラウマがトリガーになってる。ということは、そもそもトラウマの原因となる事件を発生させなければ——いけるんじゃないか？）

例えば、今、俺が蝉取りに行けば、ぷひ子がみかちゃんを殺してトラウマが完成してしまう。しかし、行かなければそれは起こらない。同様に、他のヒロインにもトラウマを得る分岐点があったはずだ。

ゲームでは、何人かのヒロインを除き、主人公とヒロインは青年期に初めて出会って攻略に至る。すなわち、主人公と出会った時点で、すでにヒロインたちは悩みを抱えてしまっており、呪いが発動してしまっている。

だが、ゲーム知識のある俺は、幼少期の今から、未来のヒロインたちの悩みを叩《たた》き潰すために動くことができる。

トラウマがなければ、ストーリーが始まらない。

ヒロインがトラウマになる前にその根本原因を潰せば、そもそも、攻略は不要なのだ！

（これだ。これしかない！）

俺は深く頷《うなず》く。最悪、ゲームの文法にのっとってシエルルートに入るにしても、彼女と出会う青年期までにはまだ時間がある。今は、ガキの内にできる限りあがいておくのも悪くない。

（では、ヒロインたちをトラウマから救うのに必要なものはなんだ？）

俺は脳内でヒロインたちの背景を思い出してみた。

ヒロインたちのトラウマや悩みは、大きく四タイプに分類される。すなわち、
①　お家《うち》の事情パターン
②　事故パターン
③　個人的な悩みパターン
④　もうトラウマっちゃってるパターン
の四つだ。

①はいわゆる家庭の事情というやつだ。例えば、先述のシエルなら、血の繋《つな》がらない兄との関係性とか、他のヒロインなら、父親が浮気《うわき》して家庭崩壊だの、傾いた家業を立て直すために支援者のスケベ権力者の下でメイドをしなきゃいけなくなるだの、そういった類のものである。

（このパターンは大抵、金か権力で解決できる）

家業を立て直すなら原資を融資してやればいいし、浮気云々は別れさせ屋でも雇って潰せばいい。シエルルートみたいな名家にちょっかいをかけるにはかなりの金と権力が要るが、理論上は不可能ではない……はず。

②はなんか突発的なアクシデントでトラウマを得るパターンだ。

こっちは①よりもさらに簡単だ。ぷひ子のルートもそうだが、事故の起こる年代は知っているので、人を雇ってピンポイントでその事故を潰していけば問題ない。

③はそれぞれの内面の問題なので一番厄介だが、俺はそれぞれのヒロインが求めるものとゴールを知っているので、それとなく提示して、誘導してやればいいだろう。それをするのにも、やっぱり、ヒト・モノ・カネを動かす力が必要だ。

④は――

（もちろん、もう手遅れなヒロインも何人かいるが……。そいつらはこの村に入れないか、

外に出すかすれば大丈夫だろう）

俺は今七歳だが、例えばヒロインを産むときに母親が死んだのがトラウマの原因とか言われても、もうヒロインが生まれていてはどうしようもない。ただし、そういうヒロインでも、ゲーム上で呪いが発動するのはこれから後——すなわち、ヒロインと主人公が接触し、二次的に何らかのイベントで過去のトラウマを刺激されてからのこととなる。それも、現段階では『ぬばたまの君』の呪いの効力が及ぶ範囲でトラウマ刺激イベントが発生しなければ問題ない。

具体的には、今俺がいる村の四方には御身石という鎮護石による結界が張ってあり、その結界の中でトラウマスイッチが入らなければセーフなはず。伝奇ホラーが、地縁的なものに大きく依存するジャンルで助かったね！

まあ、要するに、もうトラウマっちゃってる地雷ヒロインは避けまくって、この田舎の外に行って頂くということだ。④のパターンのヒロインは大して数も多くないし、その中にストーリーの根幹に関わる重要キャラはいないので、何とかなるだろう。

ということで、色々検討した結果、今後の方針は、
①　頑張って金を稼ぐ

②　金を足がかりにして、権力を得る
③　金と権力の力技で、ヒロインのトラウマが発生する前に徹底的に潰す。
ということになった。

（よしっ。これでいこう）

ギャルゲーの世界だからといって、ギャルゲーの手法で挑まなければいけない理由はない。ここから俺は、経営ＳＬＧを始めさせてもらう！

そんな決意と共に、釣りの準備を終える。

パジャマから半ズボンとＴシャツというショタコンルックになった俺はぷひ子とみかちゃんと共に、堤防へ釣りに向かった。

うん。あれだけイキった決意を表明した割には、ばっちりギャルゲーしてるが気にしない。これはギャルゲーではなく、いわば得意先への接待だ。そういう意味では経営ＳＬＧともいえる。

俺は三人分の竿《さお》とクーラーボックスを持ち、みかちゃんは右手で日傘を持ち、左手をぷひ子とつないでいる。ぷひ子は、余った右手に、エロママンから持たされた昼飯と飲み物の入ったバスケットを持っていた。

「ねえ。ゆうくん。重くない？　私、竿を何本か持とうか？」

先行していたみかちゃんが、楚々《そそ》とした仕草でこちらを振り向き、上半身を前に傾けて、俺の顔を覗《のぞ》き込んでくる。

ぷひ子を太陽とするなら、みかちゃんは数年に一度しか現れないスーパームーンのような美少女だった。かわいい系というよりは、切れ長の瞳をした美人系の顔立ちである。

白いワンピースと麦わら帽子を身につけ、黒髪ロングを自由に風に遊ばせている。

オタクの田舎に対する集団幻想を具現化したような彼女は、年齢的には主人公の一歳年上で、高校編ではお姉さん兼先輩キャラとして登場、溢《あふ》れるママみを見せつけてくる。

現時点では俺より背の高いみかちゃんが前傾姿勢になると、色んなところでチラリズムが発生するが、俺はロリコンではないので全く興奮はしない。

ちなみに、みかちゃんのルートでは、この一見ノーガードで無防備そうな振る舞いは、実は主人公にだけわざと見せて計算ずくで誘惑していたというむっつりスケベ要素が明かされ、当時のオタクは大興奮したとかしないとか。そういえば、一時期くもソラのスレでは、『みかはかみ』とかいう謎の回文が延々とコピペされてたっけ。懐《なつ》かしい。

「いや、大丈夫。俺、男だし」

俺はぶっきらぼうに答えた。

今なら性差別的役割分業だとSNSが炎上しかねない発言であるが、もちろん、これは俺の意見ではなく、主人公がこういう強がりを言うキャラだからである。実際、結構重い。俺は今七歳だし、そろそろ子どもの運動能力が飛躍的に伸びるゴールデンエイジっぽいから、トレーニングの計画を立てるか。

「そっかー。頑張れ男の子」

みかちゃんは悪戯《いたずら》っぽく微笑《ほほえ》んで、お姉さんぶった口調でそう言うと、再び前を向く。

なお、彼女はくもソラの人気投票において、ぷひ子などは瞬殺でブチ抜いて、一位に君臨した。ビジュアルがいいだけでなく、CGの数もキャラクターグッズもぷひ子と同じくらい多く、声優も界隈《かいわい》で人気の人を使ってるからだろう。明らかに誰か偉い人が贔屓《ひいき》して（んほって）ませんか？　というような優遇っぷりだが、主人公の初恋の相手であり、ぷひ子が嫉妬して殺すくらいの魅力的な美少女という設定なので、ある意味キャラ付けとしては正しいのだろうか。

正直、俺は嗜好《しこう》がマイナー厨《ちゅう》なので、ぷひ子よりは好きなキャラだが、それほど惹《ひ》かれるというタイプでもない。

あっ、ちなみにぷひ子は今、めちゃくちゃダサいオーバーオールを着ている。興味ないけど。

そうこうしている内に釣り場に到着した。

堤防のコンクリートの地面に、ぷひ子、俺、みかちゃんの順に腰かける。

両手に花狙い？

いいえ。フラグ管理です。ぷひ子、みかちゃん、俺の席順だと、ぷひ子の嫉妬ゲージが上昇し、何かの拍子にぷひ子がみかちゃんをぶっ殺しそうで怖い。逆にみかちゃん、ぷひ子、俺の順だと、ただでさえ無駄に上がりやすいぷひ子の好感度ゲージを不用意にカンストしてしまう可能性がある。従ってどっちつかずのこのポジションがベスト。

なお、蟬取《せみと》りフラグを回収しない状態（みかちゃん生存状態）で、中途半端《ちゅうとはんぱ》に納豆女の好感度を上げてぷひ子ルートに突入すると、トゥルーエンドの条件を満たしている時以外は自動的にバッドエンド確定なので気をつけなければいけない。

この歩く地雷ぷひぷひ女め。

あ、なお、リアル事故フラグ回避のために、ばっちりライフジャケットも完備してます。

そんなこんなで様々な配慮をしつつ、俺は初心者用のサビキ釣りの竿を、適当に準備した。

「お魚さん、いっぱい釣るー。釣って、ぎょしょー作るー。納豆にかけて食べるのー」

ぷひ子がそう意気込んで、釣り糸を水面に垂らす。

魚醬《ぎょしょう》か。納豆に限らず、ぷひ子は発酵食品全般を愛しているらしい。

（まあ、実は納豆は重要アイテムだからな）

納豆好きは完全ネタ設定に見えるが、一応、主人公とぷひ子が初めて出会った時にぷひ子が腹を空《す》かせており、主人公がたまたま冷蔵庫にあった納豆と余りものの冷や飯を食わせてやったということに端を発している。つまり、ぷひ子は主人公から初めてもらったプレゼントが納豆なので納豆好きな訳だ。だが、そんなの関係ねえ。俺は納豆が嫌いなんだ。すまんな。

「俺はチャーハンかな」

「じゃあ、納豆チャーハン！」

「カレーの隠し味にしてもおいしいらしいわね」

「へえー。蕎麦《そば》屋のカレーは美味《うま》いみたいな？」

「うーん、どうかしら」

「納豆とろろそばー」

「夏バテ防止にはいいかもな」

二人の内どっちかだけに会話の比重が偏らないように気をつけながら、他愛《たわい》もない会話を進める。だったら壁に向かって話してろよ、と某にわか雨師匠のようなことを叫びたい気分だ。

ほんとリアルギャルゲーは、細かいところに気を遣うのがめんどくさい。

ゲーム上では読み終わるのに数分もかからないあっさり流されてしまうイベントだが、現実では数時間なので、変なフラグを立てないように気を遣いながら接するのは疲れる。

いっそのことヒロインたちとの接触を断ちたいが、もちろん、それはできない。ヒロインたちを攻略しないといっても、最低限、『友人』ぐらいの関係性にはなっておかないと、いざ何かトラブルがあった時に絡《から》みづらいからだ。

だって、いきなり見ず知らずの人間が「お金をあげます」、「援助してあげます」とか言って近寄ってきても警戒するよね？

まあ、とはいえ、限られた時間の中、一人で全ヒロインと濃いつながりを持つのは難しいので、いずれは取捨選択とアウトソーシングしていかなければいけないことはわかっている。

でも、この二人に関しては、粗略に扱えない。ぷひ子はくもソラという物語においてはメインヒロインなので当然。実はみかちゃんは彼女本人の攻略ヒロインとしてのストーリーは薄い方なのだが、舞台装置として非常に重要な役割を果たしているので雑に扱えないという事情がある。みかちゃん生存ルートの場合、彼女は青年期編で生徒会長を務めて広く交友関係を持つ存在となるのだ。メタ的にいえば、『生徒会の仕事を手伝って』とかなんとか、みかちゃん経由で主人公に他のヒロインとの出会いの場、もといフラグを立てるイベントがたくさんある。

　要するに、みかちゃんと仲良くしておかないと、将来的に彼女と親密な関係になるヒロインとの接触機会が消滅するので、現段階で悪印象を持たれる訳にはいかないのだ。今後の活動にも影響するからね。全く、ギャルゲーの——特に田舎の人間関係は、狭くて芋づる式なのだ。めんどくせえ。

　めんどくさいついでに、ここでは今後のために絶対回収しておかなければいけないブツがある。

「ぷ、ぷやや——！　ゆ、ゆーくん！　なんかきたー！　すごいきたー！　て、手伝ってー！」

　ぷひ子の持った竿が大きくしなる。

　ぷひ子は狼狽《ろうばい》して、俺に助けを求めた。

「なに⁉　わかった！　みか姉！　タモ持ってきて！」

　俺はそう叫びながら、二人羽織のような格好で、ぷひ子の持った竿を後ろから摑《つか》む。

「うん！」

　みかちゃんが獲物を受け止めるタモを取りに走る。

しばらくの格闘の後、それは水面の下にゆらりと影を覗かせた。

「よし！　一気に釣り上げるぞ！」

「ぷひひ、頑張る！」

ぷひ子とタイミングを合わせて、一気に竿を上げる。

「ぴょえええええええええええええええ！」

篠笛《しのぶえ》にも似た奇声を上げて姿を現した獲物は、一匹の黒い兎《うさぎ》だった。

その外見は一言で言うなら、不思議の国のアリスに出てくる兎の和風バージョンだ。

漢数字の文字盤の懐中時計をつけ、祭りの法被《はっぴ》を着こんで、二足歩行が可能なやつである。

「わ、わ、わ！」

「え、え、え⁉」

突如出現したファンタジー生物に、ぷひ子は竿を取り落とし、みかちゃんはタモを手放した。

ゲーム上ではあくまで今回はこのクロウサのお披露目シーンに過ぎず、『主人公も二人と一緒にびっくりして、突如現れたこの謎の生物が逃げていくのを呆然《ぼうぜん》と見送る』というのが正規ストーリーだが――

（逃がさねーぞ！　便利アイテムがコラ！）

俺は半ズボンの鰐皮《わにがわ》のベルトを外し、クロウサを一瞬で縛り上げる。

「ぴょえええええ！　ぴょ、ぴょ、ぴょぴょぴょ……」

威勢のよかったクロウサは、ベルトを見た途端大人しくなり、素直にお縄についた。

（よし。やっぱり、鰐皮アイテムは有効か）

こいつはもちろん、普通のウサギではない。鰐《わに》製以外の紐《ひも》や縄で捕まえようとしても、容易《たやす》く逃げられてしまう。なんせ、こいつは時間や空間を飛び越える能力を持った通称『時空兎』だ。大抵の物理攻撃なんぞ無効化してくる。

ちなみになんで鰐皮が効くかというと、実はこいつは神話の闇に葬《ほうむ》られた因幡《いなば》の『黒』兎だからである。こいつはかつて白兎と同様の働きをしたが、白兎に騙《だま》されて救済を得られなかったという悲しき過去を持っていて、鰐が苦手という設定だが、今は特に覚える必要はない。

今、大切なのはこのギャルゲーにありがちな謎生物は、実はこのゲームのシリーズを通して登場する重要なマスコットキャラクターである、ということだ。主人公が過去や未来、もしくは遠距離ワープする必要がある時に、現金や寿命など、代償に応じて願いを叶《かな》えてくれる。

通称『時空兎』といい、タイムトリップや瞬間移動をする能力を持ったチートな兎である。こいつを今確保しとけば、色々役に立つことは間違いない。

「『苦蓬宙海渡大命《にがもぎのそらうみわたりのおおみこと》』にかしこみかしこみ申す。我、古《いにしえ》の盟約に依《よ》りて、汝《なんじ》を求む」

俺は近くにいる二人には聞こえないような小声で、クロウサの耳元で囁《ささや》いた。

「ぴょ、ぴょいぴょい」

クロウサがコクコクと頷《うなず》く。

はい。真名で縛って、契約完了ー。たっぷり働いてもらうからな。

ちなみにこいつの真名を探り当てるのがグッドエンドの条件になっていた、ロリババアルート、俺は結構好きだったよ。

「え、えっと、ゆうくん。その兎さん、捕まえてどうするの？」

「もちろん飼うんだよ。ちょうどペットが欲しかったんだ」

「いいなー。兎さん、いいなー。ねえ。ゆーくん。撫《な》でていい？」

「いいけど、調子乗って噛《か》まれるなよ」

「はーい。あ、兎さん、納豆巻きあるよ。食べる？」

クロウサは鼻先に近づけられた納豆巻きを、その長いロップイヤーを鞭《むち》のようにしならせて弾《はじ》いた。

そりゃ食わないよ。このチート兎、兎のくせに肉食だからね。

なお、ぷひ子ルートでは、ぷひ子が主人公を敵の魔の手から逃がすために、自ら首を掻《か》っ捌《さば》いて、全身の血をこの兎に捧《ささ》げて、主人公を時空飛ばしするシーンがある。グロいぜ。

こうして便利アイテムをゲットした俺は、しばらく日常パートをこなした後、晩メシのおかずのアジと共に、家に帰り着いた。

「つー、訳でだ。兎。俺はしばらく、過去や未来に飛ぶつもりはない。さしあたっては、ワープ機能を使えれば十分だ。そこで、相談なんだが、代償は金でもいいのか？」

俺はクロウサに生のアジをグチャボリと餌やりしながら語り掛けた。

過去や未来にタイムスリップするのは、この世の理《ことわり》を捻《ね》じ曲げる荒業のため、当然代償も大きい。記憶やら、そいつが一番大切にしている物やら、エグい要求をしてくる。だが、時間軸をいじらない場所の瞬間ワープは、比較的代償が緩い。作中では、頭痛とか吐き気程度でもワープさせてくれていた。

「ぴょい」

クロウサは口から血を滴《したた》らせながら頷く。

「おっ。マジか。例えば、東京大阪間を一瞬でワープするならどれくらい？」

「ぴょい」

クロウサがどこからともなくソロバンを取り出して弾き、俺へと提示してきた。

ふむふむ。大体、飛行機の十倍くらいの感覚か。

「なるほど。そんなもんか。ちなみにタイムスリップはいくら？　例えば、一年前へ行くとして」

「ぴょい」

「おほっ」

思わず変な声が出た。うわっ。やばい。単純な場所のワープとは全然桁が違う。

「これが……十年前なら？」

「ぴょぴょい」

「──マジで？　単純に十倍じゃなくて指数関数的に増えてんじゃん」

俺は目ん玉が飛び出てループザループをかましそうな額に、声を震わせた。宝くじに当たっても普通に無理なやつじゃん、これ。やっぱり、当分、タイムスリップは無理だわ。

「ぴょい」

クロウサは、『当然だ』とでも言わんばかりに頷いた。

「サンキュー。参考になったぜ。やっぱり金を稼がなきゃ始まらないよな。金ができたら、今度お礼に好きな肉食わせてやるよ。何がいい？」

「ぴょい。ぴょぴょぴょい」

クロウサはパソコンのデスクに飛び乗ると、器用にキーボードを叩《たた》き始めた。えーっと、なになに。『鰐肉のヒレステーキ』？

やっぱり、めちゃくちゃ鰐恨んでますやん。

やがてクロウサへの餌やりも終わり、ぷひ子ママが持ってきてくれたおかずとご飯で簡単な夕食を済ませた俺は、パソコンのクソデカモニター君と向き合っていた。

(やっぱりだ。完全に元の世界の経済状況と連動している！　ヤッター！　これ勝ち確ぞ！)

ネットで最近の経済指標やら株や為替のチャートやらを調べ尽くした俺は、一人ガッツポーズする。元の世界で証券会社に勤め、かつ瞬間記憶能力を有する俺は、取引が電子化されて以降のデータが全てこの頭に入っている。そのデータと照合したが、元の世界とこの世界の経済状況のデータはほぼ完全に近い状態で一致していた。

(やっぱり、作中に明記されていない事柄は一般常識に従う、という認識でいいんだろうな)

当たり前だが、ライターだって、くもソラで出てくる以外の場所や状況――例えば、作中に出てこないウォール街の動向まで事細かに設定してあるはずもない。

くもソラが『二〇〇〇年代初頭の日本』という設定である以上、描写がない部分はそれに従うということか。

（さて。これでマネーゲームでガッポガッポ稼ぐという方針が決定したのだが……）

ここで問題となるのは、俺がしがない七歳児であり、まともに証券取引ができる口座も種銭も持っていないことだ。

こういう時頼りになるのは？　そう。もちろん、血の繋《つな》がったマイペアレンツだよね。

少なくとも、家《うち》は貧乏ではない。一人で住むには広すぎる一軒家を維持し、ぷひ子ファミリーに俺の世話代を配るくらいの余裕がある。その一部をかわいい息子＝俺に分け与えてもらってもバチはあたらないはずだ。まあ、普通の親なら小二に大金を預けたりはしないけど、ギャルゲー親は未成年の主人公を一人暮らしで放置して育児放棄したり、時には近親相姦《そうかん》も許容しちゃったりして、常識がぶっ壊れてるなんて日常茶飯事だしね。原作本編で金を持ってることが明らかな以上、これを利用しない手はない。

ということで、早速、パパンに電話だ！

「……なんだ」

ぶっきらぼうな声が電話に出た。あんまり連絡が取れない設定の父親につながるなんて、俺はついているのかもしれない。

「親父《おやじ》。金がいる」

　俺は単刀直入にそう言った。それが主人公のキャラなので。

「……お前の教育資金の口座。資料庫、アステカのD－4のファイルだ。二千万ある。もし使い果たしても補充はしない。それでもいいなら、好きに使え」

　はい、二千万円ゲットー！

　一人の子どもを大学までやる教育費の平均は一千万くらいだから、よく貯《た》めてる方だよね。

「ありがとう。親父。あっ、それから、発掘で出てきたエジプトの女王のミイラをこっちに送るのは絶対やめてね。すげーめんどくさいことになりそうな予感がするから。あと、今、親父が調べてる墓はエジプト文明のやつじゃなくて、『アブラハムの宗教』系統だから。そして、日ユ同祖論はガチ。死海文書とヴィオニッチ手稿の方からあたってみるといいと思う」

「なに？　それはどういう――」

　俺はむっちゃ早口でそう言った後、パパンのセリフを最後まで聞かずに電話を切った。

　とりあえずこれでパパン関連のフラグは牽制《けんせい》できたかな。放っておくと、ミイラ系ヒロインが航空便で送られてくるけど、ミイラは復活しなければただの屍《しかばね》だ！　返事は一生するな！

なお、このルートでは攻略を完了するまでに、ミイラから即身仏まで、あらゆる干物の作り方を実践的に学べるゾ！

（さて。二千万は大金といえば、大金だが、まだ足りない）

俺の工作にはとにかく金がいる。二千万の種銭では心もとない。なんせ、俺が求めるのは老後の安心ではなく、世界の救済だからだ。

（ふふふ、問題ない。子どもは、父親だけじゃ作れないのだ。つーか、こっちが本命ね、つーか、早くしないと受付時間が終わっちまう）

俺はそんなことを考えながら、再び家電の受話器を取った。

「はい。海神《かいじん》学園事務局です。ご用件を承ります」

数コールの後に、そう応答があった。

「理事長をお願いします」

「失礼ですが、お名前を頂戴してもよろしいでしょうか」

「成瀬《なるせ》祐樹《ゆうき》と申します。理事長にお取り次ぎ願えますでしょうか」

「申し訳ありませんが、理事長へのアポイントは広報を通して――」

「俺は理事長の――櫛枝《くしえだ》京子《きょうこ》の息子です。母に、『まだあのオルゴールは持っている』とお伝えください」

「……。少々お待ちください」

受話器から、クラシックの待機音が流れ出す。

待っている間に解説しよう！

俺のママンこと、櫛枝京子は、くもソラの続編にあたる『淀《よど》みなき蒼海《そうかい》の中で』の舞台となる海神学園のワンマン理事長である。海神学園は、外界と隔絶された絶海の孤島に存在し、表向き普通の全寮制中高一貫校を装《よそお》っているが、その正体は、世界に暗躍する優秀なエージェントを養成する秘密機関だ。通称『スキュラ』。まあ、よくあるアレっすね。

俺のママンは続編においては、ルートによって、敵になったり、味方になったりするが、基本的にはぬばたまの君の呪いを兵器転用しようとするヤベー奴《やつ》だと認識してもらって差し支えない。まあ、主人公の親の倫理観って大体ぶっ壊れてるからね。ギャルゲーにはよくあること。

「大変お待たせ致しました。理事長におつなぎ致します」

再び事務の人の声。

「ありがとうございます」

一瞬電話が切れ、また繋がる。

「――何の用ですか」

氷柱のような硬く冷たい声が、俺を刺す。

でも大丈夫。ママンはツンデレだって、俺知ってるからね。

呪いの兵器転用も、元は生まれつき病弱で死にかけてた俺を救うための研究が発端だから。

あ、そういうフラグがあるので、主人公は頑張って修行すれば短期間でむっちゃ強くなれる素質があったりする訳。呪いって便利ー。

「久しぶりだね、母さん。元気？」

パパンは親父だけど、ママンはおふくろ呼びじゃないんだよね。まあ、ちょっと疎遠になって距離がある設定ですからね。

「前置きはいりません。用件を述べなさい」

「助けたい女の子がいるんだ。そのためにお金がいる」

あっ、ちなみにこれ、みかちゃんのことなので嘘《うそ》じゃないです。

「――事情はわかりませんが、私があなたの遺伝学上の母親であることは事実です。ですが、すでにあなたの父親経由で一般的に必要とされる額は与えたはずです」

おっ、つまり、少なくともさっきの二千万のうちの半分は、ママンの金ってことですか？

ですよね。発掘ばっかしてるパパンがそんな金持ってる訳なさそうだし。

「それはなんとなく知ってたよ。でも、母さんはもっと自由にできるお金を持ってるはずだ。それを『貸して』欲しい」

ちょうだいじゃ、だめなんだ。ママンは他人に依存するような軟弱人間は大嫌いだからね。

「……『貸して』ときましたか。わかっていますか？　私はあなたが息子でも、子どもでも、容赦はしません。貸した額は必ず取り立てます。それがこの世界のルールです」

「それでいいよ。ありがとう。母さん。で、いくら貸してくれる？　あ、あと、自由に商取引できる闇口座もセットでお願い。もちろん、マージンは払うよ。母さんの学園はそういうサービスもやってるよね？」

「──あの男から聞いたのですか？　まあ、いいでしょう。全てのオプション料金は、一円たりともまけません。利息もきっちり取ります。本来なら、信用のない人間に金を貸すなどありえませんが、私が親としての金銭面以外の責任を放棄した償いに、特別に貸して差し上げます。ですが、これが最後です。今後、私はあなたに相応の代償なしには、一切の便宜を図ることはありません。それだけは承知しておいてください」

「全部、わかってる。わかった上で言わせて。ありがとう母さん」

多分、ママンは俺が本当に稼げるとは思っていないだろう。借金漬けにしたら、合法的に俺の身柄を確保して手元に置けるからという理由で金を出したに違いない。

「……今夜中に、エージェントを使って必要な物は届けさせます」

「わかった。一応、言っておくけど、楓《かえで》を使うのはやめてね。ビジネスに公私混同はなしっていうのが、母さんのポリシーでしょ」

一応、釘《くぎ》を刺しておく。これやっとかないと、密《ひそ》かに息子を置いて家を出たことに罪悪感を抱いているママンが、関係改善を狙って、俺の動向を調査するために、種違いの妹を俺の所に送りこんできやがる可能性があるからね。こいつが多重人格系のヤンデレヒロインでとにかくタルい。ほんとくもソラは攻略対象ヒロインが多すぎだよ。

「――幸か不幸か、確かにあなたには私の血が流れているみたいですね」

ママンは、呆《あき》れとも、感心ともとれるような口調でそう言い残して、通話を切った。

(さあて、ママンはいくら貸してくれるのでしょうか！)

俺はわくわくしながら、密使がデリバリーされてくるのを待つ。

すると、本当に日をまたぐ前に、某探偵マンガの黒タイツさんみたいな人がやってきて、必要な書類やら口座やらを置いていった。通帳に書かれていた額にはさすがにビビったね。

俺が前世で、証券会社の仕事で動かしていたくらいの金額だ。ポケットマネー感覚でこれを出せるって、ママンは相当あくどいことして儲《もう》けてますね、これ。知ってたけど。

早速、ママンのオプションサービスを使って、いくつかの証券口座を開く。普通は口座開設までいくらか日にちがかかるものだが、ママンパワーによって速攻だ。

取引環境さえ整備してしまえば、後はこっちのもの。あらかじめ答えがわかってるテストだ。

知ってますか、奥さん？　この時代はレバレッジの規制もゆるゆるでしてよ。

もちろん、悪徳業者も横行しているが、まあ、そこらへんの知識はありますんで、余裕っす。

つーことで、俺は夏休み中、幼馴染《おさななじみ》たちのフラグを適当に捌《さば》きながら、暇を見てはお金をころころ転がして、夏休みが終わる前に、あっという間に元本返済、手元資金を確保しました。うほほいほい！

「……まさか、本当に返済するとは。しかもこの短期間で。一体どんな魔法を使ったんですか」

「魔法も奇跡もないって、母さんが一番よく知ってるだろ？　でも、そうだな。もしかしたら、母さんが仕込んでくれた『ギフト』のおかげかもね」

俺は意味深で思わせぶりな口調で呟《つぶや》いた。

とりあえず困ったら呪いのせいにしておけばいいという風潮。

「……まあ、いいでしょう。仕事は結果です。過程は問いません」

「うん。あと、俺に関する情報の秘匿もよろしくね」

「受け取った報酬分の仕事はします。それがエージェントというものです」

さすがはママン、話がわっかるぅー。

この金稼ぎ能力に目をつけられて、拉致られる可能性は怖いが、俺はママンが全力で俺を守ってくれると信じてるぜ！　血は水よりも濃いぜ！

ありがとうママン。利用してごめん、ママン。ちゃんと利益は還元するから！　あと、母の日にカーネーションも贈るから！

「よろしく。あと、例の融資の方もお願いします」

「……構いませんが、あのようなくだらない中小企業を支援して、あなたに何の得があるんですか。何の将来性もなく、投資する価値を見出《みいだ》せませんが」

「だから言ったでしょ。助けたい女の子がいるって。それだけさ。あ、くれぐれも、みかちゃんには支援者が俺だってことがバレないようにね」

今、ママンにボロクソ言われてる中小企業とは、ずばり、みかちゃんのご両親が経営する企業のことである。

みかちゃんは放っておくと、青春編で、親の事業失敗の結果、地元の裏稼業《うらかぎょう》で稼いでいる権力者のおっさんの愛人にされそうになります。

このルートで、俺はみかちゃんを救い出すため、そのおっさんの対抗勢力である反社会的勢力の一員となって任侠《にんきょう》の道を極めて、ドラゴンタイプにクラスチェンジしなくちゃいけなくなります。チクチクイキり刺青《いれずみ》標準装備なんて絶対に嫌です。身体髪膚《はっぷ》傷つけぬは五孝の始めなりって偉い人もゆってるしー。

そもそも、暴対法ができてからのヤクザの構成員なんてやってもいいことないよ。あ、でも、誰が何と言おうとファン○ムシリーズは名作。異論は認めない。

ともかく、みかちゃんがおっさんにちょっかいかけられて変なストレスを負って呪いが発動しないように、あらかじめご両親の経営する企業を救い、トラブルを未然に防がなければならないという訳だ。

俺が彼女を助けたことを隠すのは、もちろん、余計なフラグが立つことを避けるためである。俺の目標を達成するには、好感度は上げすぎてもいけない。

「そうですか。まあ、あなたの金です。好きにしなさい」

「うん。だから、あっちの用地買収もよろしくね？」

「そちらは簡単です。あのような田舎の神社と山を買って、こちらもあなたに何の得があるかはわかりませんが、まあ、運がよければダム用地として値上がりするかもしれませんね」

うん。ちなみにそういうルートもあるからね。ダム建設を巡って、仲の良かった田舎町が、ダム建設賛成派と反対派でギスギスになってく描写、結構おもしろかった。

っていうか、ママン。実は、あなたが求めて止《や》まないスーパーパワーの源、そこにあるんですよ？　でも、Myママンは完全に科学サイドの人間なので、呪いとかいう非科学的な現象は認めないのだ。呪いに付随する現象は、『とある田舎町の女子にだけ発現する遺伝的特性』として捉えているんです。なお、その本来女子にしか発現しない特殊な遺伝的なアレを注入された唯一の男、それがこの俺こと、主人公です。無論、くもソラは伝奇ホラーメインなので、このSFチックな設定は、何人かのサブヒロインのルートで仄《ほの》めかされる程度に留《とど》まっている。続編への仄めかしってやつだね。

そう。この事実からもわかる通り、くもソラの続編の『ヨドうみ』はSFテイストなんですね。そして、シリーズ完結の三作目は――、いまは関係ないか。

ともかく、これでみかちゃんがキモ親父《おやじ》にセクハラされることはなくなったよ。家族は守るよ、やったね、みかちゃん！　かくいう俺も、彼女の正規ルートみたいに自分を命の危機に追い込んでチート遺伝子を覚醒させるために、指スッパンしたり、切腹し（三島ら）なくてもよくなった！　イェい！

こうして金を手に入れた俺が真っ先にすべきことはといえば？　――そう。諸悪の根源の封印だよね！　ガチ解呪にはトゥルールート以外ないから、応急処置にしろ、ご神体が安置された忘れられし拝殿を封鎖するのが次善策なんだ。

神社の土地は宗教法人ごと買収済み！　ママン経由で口の堅い土建屋を割増賃金で手配済み！　変なフラグを立てそうなぷひ子とみかちゃんたちは車で二時間以上かかるイ〇ンモールへのお出かけを確認済みだ。ぷひ子も「ジャ〇コ行くの⁉」とぷひぷひ喜んでいたぜ！　これぞ、田舎民が土日に近くのショッピングモールに群れる習性を利用した孔明の罠《わな》だ！

「条件は整った！　――行くぜ！　兎《うさぎ》！　今夜は鰐鍋《わになべ》だ！」

「ぴょん！」

炎天下、俺はリュックサックを背負い、クロウサを肩に乗せ、蟬《せみ》がよく取れる例の森に行く。

作業員のムキムキマッチョなお兄さんたちは、時間ぴったりに全員集合していた。

「皆さん、今日は工事の方、よろしくお願いしまーす。環境破壊とか全然気にしなくていいんで、ガンガンやっちゃってください」

「……」

マッチョメンたちが無言で頷《うなず》いた。さすがママン手配の土建屋だけあって、無駄なことは一切喋《しゃべ》らない仕事人だぜ！

あ、なお、俺の肩に乗っかったこの時空兎は、大なり小なりぬばたまの君の呪いを受け継いでいる奴《やつ》にしか見えない。つまり、この頼れる工事GUYsたちには見えてないから安心だよ！

チュイイイイーン！　ッと唸《うな》るチェーンソー！

ガガガガガガガガガガガガ！　ッと爆走するショベルカー！

樹齢云百年《うんびゃくねん》の大木たちが、なす術《すべ》なくなぎ倒されていく。

それと一緒に、とある勝ち気系なヒロインとのフラグも折れていく。祖父母の家に帰省した小学生の彼女と主人公は、この夏休み、森で虫取りをする途中に出会って急速に仲良くなり、高校時代に再会して、『お前、男だと思ってたのに、実は女だったのか』パターンのやつだ。

（バイバイ、俺っ娘《こ》くん。君のルートは、いたいけな青少年プレイヤーに、主にインセクツ関連の特殊性癖を植え付ける、とっても業が深いストーリーだったね）

はい、合掌！　バッタ人間やらカマキリ人間やらは仮面〇イダーだけで十分だ！　ハリガネムシ系はひ〇らしのパクリって言われるからやめとけばよかったのに！

こうして俺が悲しいお別れを済ませている内に、有能なマッチョメンたちによって、例のうらぶれた社への道が開かれた。

ここまで来ると、そろそろあいつが——、お、いたいた！

「……お主、男なのにわらわが見えるのか。——って、なんじゃ！　この騒がしい鉄の塊共は」

崩れかけの鳥居の上に腰かけていたロリババアが俺を睥睨《へいげい》し、驚いたように叫ぶ。

待ってたぜ！　ロリババア！　今楽にしてやるからな。

「こんにちはー！　突然ですが朗報です！　あなたが愛した男は、実はあなたを裏切ってません！　あなたを愛し、守るために、最後まで戦い抜きました！　これがその証拠です！」

俺は工事音に負けない声で叫んで、既に回収していたストーリー上のキーアイテムをのじゃロリに向かって投げつけた。具体的には、兜《かぶと》とか、思い出のかんざしとか、ほら、まあ、よくある戦国時代の悲劇ってやつですよ！

「そ、そんな。砂王丸《さおうまる》、わらわは──」

ロリババアが万感の想《おも》いがこもった涙を流し始める。感動的なシーンだね。

でも、すまん。余韻に浸ってる時間はないんだわ。ぷひ子たちが帰ってくる前に工事を終わらせないと、変なフラグが立って凶事が発生しかねない。

「咲夜姫《さくや》、砂王丸さんが待ってます。あるべき場所に帰りましょう」

「じゃが、わらわは兎の呪いにしばられて、この社を守らねば──」

「その兎はここにいます！　真名も解明済みなので、もう縛りはなしです！　だから、安心して逝《い》ってください！　な、兎」

「ぴょぴょーい！」

時空兎がぴょんぴょん跳ねる。

ロリババアの魂を過去に送る代償？　そんなもんはいらない。ロリババアはそもそもその存在自体がこの世の理《ことわり》を歪《ゆが》めてしまっているイレギュラーな存在だからね。むしろ、彼女をあるべき場所に戻してやるんだから、俺が報酬をもらってもいいくらいだ。

ほら、その証拠に時空兎もやる気まんまんだ！

「よ、よいのか？　数百年の間、何をやっても解けなかった呪いが、こうもあっさりと

「……」

「いいじゃないですか。突然降りかかってくる不幸があるなら、突然訪れる幸福もあったって」

俺は脊髄反射で適当にでまかせを述べる。

兎が手をかざして時空送りの呪文の呟きはじめる。

「そうじゃな……。そうかもしれぬ……。ああ、ようやく、わらわも永劫《えいごう》の苦しみから解き放たれるのじゃな……。何奴《どいつ》か知らぬが、礼を言おう。残穢《ざんえ》に苦しむ者があらば、これを使うと良《い》い」

ロリババアの姿が光り輝き、段々と透明になっていく。ついでに、戦利品として、強力な浄化アイテム、ロリババアの護符を手に入れたぞ！

「ありがとうございます。それにお礼の言葉なんて必要ないですよ。だって、砂王丸さんは俺の前世の一つっすからね！」

俺は彼女に、親指をサムズアップして応えた。

さすがは伝奇もの。俺の前世は名作絵本の猫並にいっぱいあるぜ！　１００万回泣いたねこれ。

「な！　それはどういう――」

目を見開いて疑問を呈そうとしてきたロリババアだったが、もう遅い！　タイムアップで過去に流されていった。はい、合掌パート2！

（ふう。これでようやく、社に手が出せるな）

俺は一呼吸置いて、禍々《まがまが》しいオーラを放つ拝殿に向き合った。

「はーい！　コンクリミキサー車さん一丁、クレーン車さん一丁、入りまーす！」

古《いにしえ》の時代から続く拝殿の敷地《しきち》に、現代文明が土足で踏み込むぜ。

「石櫃《いしびつ》できてます？　おっけー。ここらは、危ないので俺がやりますね」

クレーン車によって、プルトニウムをぶち込んでも大丈夫そうな分厚い直方体のコンクリートの棺《ひつぎ》が、拝殿の前にズンッと降ろされる。俺は、拝殿の奥から、例の呪いの鏡が入った箱を持ち出してきて、その石櫃の中に安置した。

あっ、もちろん、言うまでもないけど、呪いの鏡を物理破壊しようもんなら、呪いがあふれ出して世界が終了します。っていうか、今俺がやってるみたいに箱越しに触るだけでも、結構やばいからね。ぬばたまの君の呪いに耐性のない一般人が触れたら普通に頭おかしくなるやつやで。

「はい。準備おっけーです！　では、じゃんじゃん、コンクリ流し込んじゃってください！」

ミキサー車がドロドロで灰色の液体を石櫃に流し込んでいく。

臭い物には蓋をしろ！　フラグの塊は完全封鎖だ！

『絡《から》み合う六本指。髑髏《どくろ》の塔。逆子のかごめかごめ。贄月《にえつき》――』

あれれー？　幻聴が聞こえてきたぞー？　これはラスボスちゃまかな？　なんか不気味なこと言って脅してくるけど、俺は全部の真相を知ってるから何も怖くないよ？　んー、負け犬の遠吠《とおぼ》え気持ちいいー！

「では、次はちょっちゅ社を再建してあげましょうねー」

俺は沖縄方言風にそう宣言した。

俺だって鬼ではない。鞭《むち》だけではなく、飴《あめ》も与えてやるナイスガイな一面もある。長年忘れ去られていた社を新築してあげよう！

ただし、四方も床も天井も、何重にもコンクリと鉄扉《てっぴ》で囲んで、入り口も出口もない完全密室だがな！　もし中で殺人が起きたら探偵がユニバーサルペコペコの舞で喜ぶくらいの密室だ！　もしくは、開ける方法の存在しない金庫と言い換えてもいい。

これが完成すれば、ラスボスがヒロインを操って、夢遊病ナビで拝殿へ召喚し、ご神体を強制解放しようとしても何の問題もない。素手やスコップではコンクリは破壊できないからな。よかったね。和風ホラーは物理攻撃弱めで。これが西洋のムチャするクリーチャーだったら危なかったよ。

ポロロロロン。ボロロロロロロロロロ！

『あなたを産んだことが、私の人生で一番の汚点です』

壊れて不協和音を奏《かな》でるオルゴールの音色。よぎる若きママンの幻影。

おっ、今度は幻聴と幻覚のコンボだ。主人公のトラウマをえぐる的な精神攻撃ですか。

でも、それ、主人公くんのトラウマであって、俺のじゃねーから。ちなみに俺のトラウマは、三十連勤で自律神経がお逝《ゆ》きになって、電車の中でうんこ漏らしたことです、ばーか！

『……』

あっ。とうとう万策尽きて、ぬばたまの君（しんわのすがた）が出てきた。

ラスボスとはいえ、トゥルーエンドのヒロインだけあって、見てくれはかなり気合が入っている。

容姿は一言で表現するなら、雪女系だね。全身真っ白。

なぜ白いのにぬばたまの君って名前がついたのかって？　それは、このクロウサを騙《だま》したシロウサとの逸話が絡んでくるよ！　その先は君自身の目で確かめてみよう（ファ○通感）。

俺は完全無視を決め込んで工事の進捗を見守る。

その内、いやがらせをやめ、もはや何も言わず、恨めしげにじっとこちらを見てくるぬばたまの君。時折白目剝《む》いたり、歯をガチガチしたりしてるけど、気にしない気にしない。

つーか、めっちゃ怒ってるじゃん。ウケる！　でも、大丈夫。本体ならやばいけど、このご神体の鏡は、ハ〇ポタで言うところのお辞儀兄貴の分霊箱だから。

大体、こんなプレッシャー、リーマンショックがあったのに前年比以上のノルマを詰めてきたクソ上司の圧に比べれば屁《へ》でもないわ！　元社畜を舐《な》めるな！

はー、早く終わらねーかな。でも、俺がここでご神体から漏れ出る呪いへのメイン盾になっておかないと、ホラー定番のアレで事故が起こりまくって、工事が進まなくなる。

あー、みみずばれめっちゃ出てきた。痛《いて》えー。腹とかはパックリ割れて、聖痕とか浮き出てきてるし。つーか、古代の甲骨文字とか読めないからね？　どうせなら絵文字とかにしてくれてもいいんだよ。

優秀なマッチョメンたちが、朝から日が暮れるまで作業して、工事は完了した。

別に人が住むわけでもない、ぶっちゃけていえば、大きなゴミ箱を作るだけなので、住居のような手間はかからない。

「皆様、お疲れ様でした。では、報酬はスイス銀行の方へたんまりと」

実際はスイス銀行か知らんけど、適当に言ってみた。パーフェクトな仕事をしてくれた彼らに、頭を下げる。

マッチョメンたちは、ノリよく上腕二頭筋に力こぶを作って応じてくれた。

(よしっ。後は、ロリババアの置き土産にヘイトを移して、と)

俺はさっきもらったばかりの護符を身体《からだ》の至る所にできた傷口に押し当てる。

最初は白かったのに、どんどん黒く汚れていく護符。治っていく俺の身体。最後には、呪いと祓《はら》いの祈りが相殺《そうさい》されて、護符もはじけて消える。

それに伴って、俺の五感を苛《さいな》んできた、幻聴や幻影も消えた。

サンキューロリババア。

「ふうー。めっちゃ働いたー。帰るぞ兎《うさぎ》！　鰐《わに》食おうぜ！　鰐！」

「ぴょん！」

クロウサと一緒に、家路を急ぐ。

無論、ぬばたまの君の呪いはむっちゃ強いから、この程度で全てのフラグを折れる訳ではない。

だけど、ぬばたまの姫巫女《ひめみこ》としての素質がない＝呪いの血が濃くないサブヒロインたちのストーリーでは、拝殿との物理的接触がトリガーとなって、イベントが発生することがまあある。つまり、拝殿はぷひ子と同じくらいの地雷原なのだ。そんな拝殿に起因する様々なアクシデントの発生を未然に防ぐためには、やっておいて損はない作業だという訳である。

あ、もちろん、ぷひ子とかメイン級のキャラは、ぬばたまの君との関係性が鬼強いので、この程度の対策じゃ意味ないっす。夢やら予知夢やら白昼夢やら、バリバリ精神干渉されて闇墜《やみお》ちすることもあるので、まだまだ全然気が抜けない。

まあ、そんな事情は置いておいて、今日のところは、俺の計画が一歩前進したことを喜ぼう。

「イエーい」

俺は気分を切り替えて、家でクロウサと祝杯を上げる。

飲み物は子供らしくジュースで、肴《さかな》は約束通りお取り寄せした鰐鍋と、ぷひ子ママが差し入れてくれたカレーだ。

「どうだ？　美味《うま》いか？」

「ぴゅい」

鰐肉を生でヌチャヌチャしゃぶりながら、クロウサが頷《うなず》く。

「そうか。美味いか……。明日の晩飯はどうしようかな。毎日ぷひ子ママ飯食べてると好感度を積み過ぎちゃうからよ」

「ぴょい?」

クロウサが小首を傾《かし》げる。

「まあ、わからねえよな。もし、お前が人化してればもっと話し甲斐《がい》もあっただろうけどなー」

「ぴょいー」

クロウサが適当に相槌《あいづち》を打つ。あっ、こいつ、俺との絡みをめんどくさがってやがる。

ちなみに、クロウサは最終的に人化するが、それはトゥルーエンドルートの攻略途中での話。残念ながら、ぬばたまの君を触らぬ神に祟《たた》りなしモードで放置すると決めた俺の人生では、こいつは一生、ただの兎のままの予定だ。それでもチート機能は使えるからね。問題ないね。

「えーっと、これで少年時代・夏のフラグは半分くらい潰したか。でも、まだまだ多いなー」

ギャルゲーと夏はご飯と海苔《のり》くらい相性がいいのか、とにかくフラグが立ちまくる。

夏休みは宿題が多くて大変だね。マジで。ギャルゲーのメインの舞台となっている季節として一番多いのはやっぱり夏なのだろうか。俺調べでは、春と夏が舞台のギャルゲーは数が多く、その分、玉石混交。秋・冬が舞台のギャルゲーは、春と夏に比べて数は少ないが、玄人《くろうと》好みの名作揃《ぞろ》いのイメージだ。

なお、俺の独断と偏見なので保証はできない。

「まあ、結局コツコツ一個ずつトラウマフラグを潰してくしかないんですけどねー」

俺は脳内で効率的なフラグ破壊チャートを考えながら、日常の雑事を終わらせて床についた。

＊　　＊　　＊

ギャルゲーの主人公というものは、夏休みの宿題をギリギリまでやらない。俺本人はこう見えて、根が小心者でせっかちでクソ真面目《まじめ》なので、宿題は始めの一週間くらいで終わらせちゃうタイプだ。だが、主人公という生き物にそれは許されない。なぜかっていうと、早めに宿題を終わらせちゃうと、「一緒に勉強しようぜ」系のイベントが潰れちゃうから。

だから、主人公という生き物はギリギリまで宿題をやってはいけない。

（そういう訳で、今日、俺は、ぷひ子とみかちゃんを連れて図書館へとやってきたのだ）

「みか姉。これでいい？」

図書館のテーブルの一角を占領した俺たちは、夏休みの宿題に勤《いそ》しむ。

みかちゃんは当然、優等生タイプなので宿題は大抵終わらせている。

ぷひ子は、もちろんやってない。

成瀬祐樹《なるせゆうき》は、設定上はぷひ子よりは若干マシだが、あんまりやってない——という設定になってるが、密《ひそ》かにやってる。つまり、作中で一緒にやったことが描写されてない宿題は事前に済ませてあり、行動時間を確保済みだ。

言うまでもないが、小学校低学年の宿題など、大人の俺が苦労するようなものではない。

「うんうん。正解！ ゆうくんは、やればできる子なんだから、もっと真面目にやればいいのに」

みかちゃんが俺の頭を撫《な》でてくる。

やめてー！ ぷひ子の嫉妬ゲージが溜《た》まるから！

「そう言われても、俺はカラータイマーが点滅したウルトラ〇ンみたいに、追い込まれてから力を発揮するタイプなんだ」

「またそんな調子いいこと言っちゃってー」

「ねー、みかちゃん、この問題わかんないから、教えて？」

ほらー、案の定、ぷひ子が会話に割り込んできた。

「ぷひちゃん、それ、まだ始めの方の問題だよ？ もう九九は習ったでしょ？」

「ぷひひ、忘れちゃった」

「じゃあ、俺は算数が終わったから、読書感想文に使う本を探してくるよ」

「「行ってらっしゃーい」」

俺は二人に見送られ、とある目的のために席を立った。

（さて。理屈の上では、ここにあの眼鏡っ娘《こ》がいるはずだが）

今日の目的は、作中では青春編から登場するサブヒロインのフラグを折ることだ。

そいつは、いわゆる眼鏡っ娘系だ。ストーリーとしては、大まかに言うと、『小説家志望で、いつも子どもの頃から俺と幼馴染《おさななじみ》たちがワチャワチャするのを遠くから羨ましく見てたけど、輪に入れなくて、常に傍観者の自分が嫌いで鬱』なヒロインを助ける感じである。まあ、非常に思春期っぽい話だ。本編では、幼馴染と俺たちの間に割って入れない絆《きずな》があることに眼鏡っ娘が傷ついて、童話由来の色んなナイトメアが発生してアバババババババ、となる。童話と残酷要素は実は相性がよく、眼鏡っ娘ルートも他のヒロインに負けず劣らずエグい。著作権にうるさいネズミのような美化された童話ではなく、原典に近いリアル志向の童話がモチーフだからね。もうそりゃアレよ。

本編では、主人公は少年編ではこの眼鏡っ娘の存在に全く気が付かない。眼鏡っ子が図書館の本棚の陰からひそかに主人公たちを見つめていたと青春編の告白で知る訳である。

そこで、俺はとっても優しいので、この眼鏡っ娘を今の段階で早々に見つけ出し、幼馴染パート3に加えてやろうという算段である。

この作戦には、幼馴染が増えれば増えるほど、相対的に一人当たりの比重が薄まり、特定のルートに入ることを防止できるというメリットもあるのだ。その分、ハーレム野郎にならないように、フラグ管理の心労も増えるけどね！

（童話やファンタジー系の本が好きっていう設定だから、多分この辺に——おっ、いたいた）

しばらく図書館を歩き回った俺は、やがて、野暮ったいお下げ髪の少女を見つける。本を選ぶふりをしながらも、隙を見てこちらへチラチラと視線を送ってくる眼鏡っ娘。こいつだ！

「んー、『走れメロス』とかどうかなー」

俺は本を選ぶふりをしながら、少女に近づいていく。

「ねえ、君」

「は、はい」

突然俺から話しかけられ、眼鏡っ娘はビクリと肩を震わせた。

「君も夏休みの宿題？　読書感想文、嫌だよね」

「え、あ？　あ、いえ。私は、趣味で……」

「そうなんだ。じゃあ、読書感想文はもう終わった？」

「はい。『走れメロス』で済ませました」

「ふーん。……君、本当は『走れメロス』、嫌いでしょ」

「え⁉　どうしてわかるんですか？」

「『済ませました』って言ったから。好きな本ならそういう表現はしないでしょ。というか、そもそも読書感想文というスタイルそのものが、気に食わない？」

「──はい。本を読んだ感想は、人それぞれだと思うんです。でも、それを誰かに読ませて、あまつさえコンクールで評価するというのは……」

「だから、嫌いな『走れメロス』で済ませた？」

「ええ、作品というよりは、根本的に太宰《だざい》の人間性が好きになれなくて……。メジャーどころなら、芥川《あくたがわ》の方が好きです」

　知ってるよ。てめえのルートの『蜘蛛《くも》の糸』地獄の悪夢攻略のシーンはすっげえテンションがったわボケぇ。みかちゃんの髪を全部抜いて、それを材料に救いの糸を編み上げる『羅生門』ギミックなんて誰が喜ぶんだ。普通さ。童話モチーフなら、童貞に自信ニキの『銀河鉄道の夜』とかロマンチックなやつにしない？　なんでグロいのを選ぶの。

「俺もその二択なら断然芥川だな。それより好きなのは、三剣蓮《みつるぎれん》だけど」

「ご存じなんですか⁉」

三剣蓮とは、くもソラの中に出てくる架空の作家である。

ここらの田舎出身のナンセンスでグロテスクな作風のマイナー作家で、ヒロインが私淑(個人的に尊敬)しているという設定の人物だ。ファンタジー小説に見せかけて、実はノンフィクションで、この田舎に潜む闇を公にしようとしたけど、結局、キルされたかわいそうな人です。

「たまたま親父《おやじ》の書斎にあってね。『人間の悪意とは、すなわち暇つぶしである。例えるなら、それは少年が戯《たわむ》れにトンボの羽をちぎるような』」

「そうなんです！　人間の本質的な悪性に対する考察が、深いんです。キリスト教文化に見られる原罪的な二項対立ではなく、抽象論に終始する東洋哲学のような衒学《げんがく》でもなく、明確な身体性に基づくリアリズムが――」

おうおう。語りよる、語りよる。やっぱり、オタクはめっちゃ早口じゃなきゃね。

判官《ほうがん》びいきと言われても、俺は眼鏡っ娘というジャンルが好きだ。でも、世間は違う。

昔は一本のギャルゲーがあったら、必ず一人は眼鏡っ娘の枠があったのに、今では見る影もない。結局、もう眼鏡っ娘という属性には商業的な需要がないのだろうか。俺は、眼鏡っ娘以上に無口っ娘が好きなんだが、こっちはまだ死にジャンルじゃないよな？　なんか負けヒロインばっかりな気がするけど、需要はあるだろ？　あるって言ってくれ、ギャルゲーの神よ。

っていうか、眼鏡さあ。ほんまに小二っすか？　まあ、グッドエンドでは天才作家として世間に名を馳《は》せるっていう設定だしね。麒麟児《きりんじ》ってことで。

「――で、つまり、三剣作品における虫というのは、『取るに足らない者』の象徴である訳ですが、中でも、両性を具有したオオクワガタというのは――」

「なんだ！　虫遊びの話してんのか？　オレもまぜてくれよ」

俺が適当に相槌を打ちながら、眼鏡っ娘の語りを聞き流していると、百合《ゆり》の間に挟まる男的なノリの声が割り込んできた。日焼けと絆創膏《ばんそうこう》を標準装備したロリコンガチ勢に人気っぽい容姿。ゲッ、貴様は――フラグを折ったはずの俺っ娘じゃねえか。何でこんなところに！

（ああ、ほら。引いてる。眼鏡っ娘の人見知りスキルがめっちゃ発動してんじゃん）

「……」

突如話しかけられた眼鏡っ娘は、急に押し黙り、俺っ娘を警戒の眼差《まなざ》しで見つめた。

眼鏡っ娘と俺っ娘は、作中での絡《から》みはほぼない。でも、コンプレックスの塊である眼鏡っ娘はこういう、よく言えば豪快な、悪く言えば無神経な陽キャは絶対嫌いだからな。長く接触させとくとストレスがヤバイ。引き離すか。

「ほら。ここ図書館だからさ、もうちょっと声を落として」

俺は『本当は俺もはしゃぎたいんだけど』的なニュアンスも出しつつ、俺っ娘をたしなめる。

「ワリィ、ワリィ。オレ、普段は図書館なんて来ねーんだけどさ。虫取りに行くはずだった森が急に立ち入り禁止になっててよ。クーラー目当てで涼みに来たんだ。ったく、オオクワいっぱい取りてーから、わざわざばーちゃん家《ち》に帰省したっつうのに、ついてねぇぜ」

俺っ娘が声のボリュームを下げて言う。

あ、それ完全に俺のせいっすね。すみません。でも、おかげで俺っ娘ちゃんが、ぬばたまの君の呪いを浴びて進化したヤバ蟲《ちゅう》に刺されて昆虫人間になっちゃうピンチはなくなったんだから、感謝してくれてもいいんだよ?

「森には近づかない方がいいよ。怖いおじさんが見張ってるらしいし」

もちろん、俺が雇ったんだけど。

「だよなー。忍び込もうと思っても無理だったわ。よっぽどスゲーのが取れるのかな。へラクレスオオカブトとかよ！」

俺っ娘は、もう図書館では静かにするというマナーを忘れたのか、再び興奮気味に言った。

「ヘラクレスオオカブトは中央アメリカから南アメリカの分布です。日本にはいませんよ」

眼鏡っ娘は、俺っ娘に冷たい視線を注ぎながら言った。

「ふーん。まあ、いいや！　涼んだし！　水も飲んだし！　これから、外でかくれんぼしようぜ！　だるまさんが転んだとかでもいいぞ」

でも、俺っ娘は基本鈍感なので、眼鏡っ娘の悪感情には気付かずにそんなことを言う。

ほんと水と油。相性悪いね。眼鏡っ娘も俺っ娘も、不人気ジャンル同士、仲良くやればいいのに。

あと、かくれんぼとか、かごめかごめとか、だるまさんが転んだとか、わらべ遊び系をやると伝奇的にヤバイフラグが立つからＮＧ。

「俺も行きたいけど、夏休みの宿題が終わってないから、やらなくちゃいけないんだ。幼馴染も待たせてるし」

「そんなのやらなくてもいいだろ。どうせ小学生には退学もねえしな。宿題を全部踏み倒したところでどうってことないぜ！」

「『精神的に向上心のない者はばかだ』」

眼鏡っ娘がボソリと呟《つぶや》く。

「ああ⁉　なんだ、喧嘩《けんか》売ってんのか？　お前」

「いえ。読書感想文の構想を練ってただけです。他意はありません」

眼鏡っ娘は、本棚の夏目漱石《なつめそうせき》の『こころ』の背表紙を撫《な》でて言った。

眼鏡っち、さっき、『走れメロス』で終わらせたって言うてましたやん。キミ。

「ったく、なんかよくわかんねーけど、暗いなー。オサゲメガネもちょっとは外に出ねーと、その内、オケラになっちまうぜ」

「素敵なあだ名をつけて頂き、ありがとうございます。お返しに私からも――あなたは、虫がお好きなんですね。では、ザムザさんなんていかがでしょう」

この上なく安直なあだ名をつけられた眼鏡っ子は、チクりと刺すような声で言った。

やめましょうよ。毒虫と俺っ娘ちゃんの組み合わせはマジで洒落《しゃれ》にならない！

彼女は、本当にある朝起きたら毒虫になってる可能性を秘めたリアルカフカ系女子だから！

「おっ、何か知らないけど、ロボットみたいでかっこいいな！　気に入ったぜ！　そいつは変形するのか？」

「変形はしませんが、変身はしますよ」

「へー、いいじゃん！　虫で変身ってことは、やっぱり、ライダー系か？　じゃあ、今日はみんなでザムザごっこするか！　どんなキャラか教えてくれよ！」

「え、ちょっちょっと！」

俺っ娘が眼鏡っ娘《こ》の腕を引いて連れていこうとする。

眼鏡っ娘は、知的キャラのテンプレにのっとり、舌戦には強いが、物理攻撃には弱いのよね。

「おいおい、待って。悪いけど、その子は俺の方が先に約束してたんだよ。読書感想文の書き方を教えてもらう予定でさ。そうだよね？」

「は、はい……」

「なんだよ。チェッ。つまんねーの」

「ごめんね。お詫《わ》びと言ったらなんだけど、今度、川釣りでもする？　イワナがよく釣れるスポットを教えるよ。竿《さお》も倉庫にあるから」

「おっ、本当か！　約束だぜ。オレは、翼《つばさ》。鳥羽《とば》翼」

「成瀬《なるせ》祐樹《ゆうき》。よろしく」

気さくに握手を求めてくる俺っ娘——翼の手を、俺は握り返した。

「んで、お前ん家《ち》はどこらへん？」

「庭にトーテムポール——変な置物がある家だよ」

「あー、あそこか！　わかったぜ！　じゃ、今度、行くからよろしくな！」

翼は颯爽《さっそう》と去っていった。

「あの、助けて頂いてありがとうございました。あ、あの、私、満瀬《みちせ》祈《いのり》って言います。成瀬、さん」

翼が立ち去ったのを確認してから、ぽつりと呟く。

「祐樹でいいよ。みんなそう呼ぶし。俺も祈ちゃんって呼んでいいかな？」

このフラグを潰しておかないと、眼鏡っ娘——祈は『他の娘は名前で呼んでるのに、私だけ名字で呼んでて——』みたいなウジウジを発生させる。めんどくさいね。

「は、はい。祐樹、くん」

祈ちゃんは、噛《か》みしめるように俺の名を呼んだ。

「じゃあ、俺は待たせてるツレがいるから戻るよ」

「は、はい。それでは、失礼します」

どこか寂しげに俺に背中を向けて去っていこうとする祈ちゃん。俺はタイミングを見計らう、1、2、3。こんなもんか。

「――そうだ！　よかったら、本当に読書感想文、手伝ってくれない？　あ、でも、やっぱり忙しいかな？」

「い、いえ。そんな。全然、暇です。この図書館に置いてある本は大体読んでしまいましたし……。でも、いいんですか？」

「なにが？」

「えっと、時々、祐樹くんと一緒にいる二人の女の子、とても仲が良さそうで。まさに理想の関係に見えて……。私なんかが入ったら、その完璧な均衡が崩れてしまうんじゃないかなって」

祈ちゃんが遠慮がちに言った。

「そんなこと言われても、俺たちだって、始めから仲良かった訳じゃないしなあ。もし出会った早さで人間関係の優先順位が決まるなら、ほとんどの小説は成立しないよ。まあ、ある意味、平和な世界かもしれないね。『金色夜叉《こんじきやしゃ》』も生まれずに済む」

「――ふふっ、確かにそうですね」

そこで祈ちゃんが初めて、くだけた微笑《ほほえ》みを見せる。

（うーん、ちょっとフラグを立てすぎたか？　でも、奥手のヒロインはこっちからグイグイいかないと関係性を構築できないからなあ……）

まあ、多分大丈夫だろう。祈は、ヒロインの中では人生における恋愛依存度＝色ボケ度は低い。彼女は一見メンタルが弱そうに見えるが、実は小説家志望だけあって、自己完結型で孤独耐性も高い人間である。芯が通っており、他人に依存しないのだ。なので、上手《うま》いこと、創作意欲を刺激してやれば、俺との恋愛より、執筆活動に夢中になってくれると思う。

「お帰りー。……ゆーくん。その子だあれ？」

ぷひ子が無邪気の奥に嫉妬の狂気を滲《にじ》ませた瞳でこちらを見つめてくる。

「祈ちゃん。読書感想文を書くのが上手いから手伝ってもらうんだ」

「あの、満瀬祈と申します。お邪魔してもよろしいですか？」

「ええ、もちろん。それにしても、ふふふ、さすがゆうくん。モテモテだね」

みかちゃんがからかうように言った。

「そんなんじゃないってば」

俺はぶっきらぼうに答えた。

あんまり祈ばかりに構っていると、ぷひ子ゲージが溜《た》まりすぎるので、読書感想文をサラッと終えた俺は、徐々に彼女との会話を減らしていく。そして、話題を誘導して、みかちゃんに祈ちゃんを押し付けた。うん。やっぱり、めんどくさいことは、面倒見のいいみかちゃんに全振りするに限るね。ちなみに、祈ちゃんは、青春編ではみかちゃんが会長を務める生徒会の書記だったりするので、相性は完璧に保証されている。

にしても、本当にみかちゃんは便利やでえ。この世で唯一、就職面接で人間関係の潤滑油を自称していい人間だと思うよ。マジで。

それから数時間、俺たちは真面目に宿題を進めた。

祈ちゃんは作中屈指の勉強できるウーマンなので、教えるのも上手く、みかちゃんはもちろん、ぷひ子ともそこそこ馴染《なじ》んだ。

やがて、閉館時間が近づく。

「どうだった？」

俺は、祈ちゃんと一緒に借りていた本を返しに行くタイミングを見計らって、話しかける。

「なんだか、夢みたいです……。こういうの、憧れだったから。本当はちょっと、怖かったんです。欲しかったものを手に入れてしまうというのは、ある意味では不幸なことだから」

「芥川《あくたがわ》の『芋粥《いもがゆ》』みたいに？」

『芋粥』というのは、ケンチキ食べ放題してみてえとずっと思ってたけど、いざやってみたらあんまり食えなかったわ、的な話である。あー。食べたくなってきた。田舎だから近所にファーストフード店はねえ！　クロウサワープ使っちゃおうかな。

「まさしく。でも、実際は、芋粥とは違って、もっともっと欲しくなるんですね。自分の欲深さが恥ずかしいです」

「それでいいんじゃないかな。芋粥は有限だけど、友情は無限だし、心の胃袋に際限はないよ」

適当にゲーム本編のセリフを引用する。俺って、もはやくもソラｂｏｔなのかな？　かな？

「ふふっ、そうですね。私は小食な分、こっちの方は大食いでもいいかもしれません」

祈は冗談めかして言った。

よし。一応、ジョークを言うくらいには心を開いてくれたみたいだ。好感度でいうと、70はあるだろう。

そんなことを考えながら、満足感と共に、図書館を後にした。

＊　＊　＊

俺の活動範囲は何も村内に限らない。鬱フラグ潰しのためなら、東奔西走。今日も、どうしても欲しいアイテムを入手するために、隙間時間を縫って、大都会東京に降臨したのだ。

「はい、そうです。サイ多めで。ドラムはなしで。後は適当に」

俺は、ケンチキこと、ケンシロウフライドチキン新宿店で部位指定する。

クロウサワープ費込みだと、高級フレンチが食べられる値段のファーストフードだ。わーい。

「美味《うま》いか？」

二階の窓際《まどぎわ》の席に陣取った俺は、周囲に聞こえない程度の小声で隣のクロウサに尋ねた。

「ぴょん」

クロウサは、腎臓マシマシのサイを骨ごとバリバリいきながら頷《うなず》く。

「それはよかったな。俺ももっと食いたいが、ぷひ子ママの晩飯が食えなくなるからなー」

俺は二個ほど鶏肉《とりにく》の塊を腹に入れたところで、ウエットティシュで指を丁寧に拭く。

ケンチキが食べたい気分だったのは事実だが、それはもちろんついでである。

（――さて、もうそろそろか）

「おい、クロウサ。そのまま食っててていいから、ちょっと待ってろよ」

頃合いを見計らって、俺はクロウサを置いて店を出た。

とある撮影スタジオの前、どこからか情報を聞きつけたファンが、早くも出待ちしている。

「場所取りすみません。これ、差し入れです」

「……」

最前列で待機していた黒服は、やんわりと首を横に振って断った。

ママン経由で雇った一流のプロは、職務中に軽々に飲食などはしないということだろう。

さすが意識が高いぜ。

ガチャ。

おっ、出てきた。出てきた。

フリフリの服を着た中学生くらいの美少女が姿を現す。

女性マネージャーに庇《かば》われながら、送迎車に向かって歩いていく。

「小百合《さゆり》ちゃーん！　こっち向いてー！」

「愛してるううううう！」

「サインくださあああああい！」

ファンたちの黄色かったり、茶色かったりする声が、小百合ちゃんに投げかけられる。

うん。見ての通り、小百合ちゃんはアイドルです。

モー〇ング娘。やらのグループアイドル全盛期に抗《あらが》い、ピンで戦う昭和の歌姫という設定です。

「佐久間《さくま》さん。少しだけ、いいですか?」

「次の仕事もおしてるんだけど……」

「数分だけですから」

小百合ちゃんは、そう言ってマネージャーに断りを入れ、気さくにファンサービスに勤《いそ》しむ。

全くアイドルの鑑《かがみ》だよ。

「うおおおおおおお! 小百合! 永遠に一緒だよおおおおお!」

と、いきなり飛び出してきたのは、不精髭《ぶしょうひげ》の不審者。

白刃《はくじん》を手に、怒濤《どとう》の勢いで小百合ちゃんに襲い掛かる!

「キャアアアアアアアアアアアアアア!」

小百合ちゃんの悲鳴が夜の街に響く。

「このっ!」

マネージャーが咄嗟《とっさ》に小百合ちゃんを庇うように進み出る。

ガッ。

その凶刃がマネージャーの首筋を捉える寸前、俺の雇った黒服が、暴漢を羽交い締めにした。そのまま、犯人の首を絞めて落とす。

「――あ、ありがとうございます」

小百合ちゃんはガクガクと震えながらも、はっきりとした声で言う。

さすが人気アイドルは胆力があるね。

「……仕事ですから。礼は雇い主に」

黒服が俺に視線を遣った。

俺は静かに一礼する。

「雇い主……。あんな、子どもが」

「と、とりあえず、車に乗りましょう。収拾がつかなくなるわ」

騒然となる現場を見て、マネージャーがそう提案する。

「わかりました。あの、お二人共、もしよろしければご一緒に。お礼をしたいので」

「では、お言葉に甘えて」

黒服と一緒に車体の長い高級車に乗り込む。

俺の隣には黒服。小百合ちゃんの隣にはマネージャー。

向かい合う形で座る。

「あ、あの、改めて、助かりました。あなた方は命の恩人です」

「いえ、俺の親戚がネットパトロールの会社を経営してまして。つい一時間ほど前に、不審な書き込みを見つけましてね。事務所に連絡していると手遅れになるかもしれないと思い、勝手ながら急いで駆けつけさせて頂きました。間に合ってよかった」

俺はにこやかにそう答えた。

口八丁手八丁。ちなみにママンは実際、そういう会社もやってるらしいから、嘘《うそ》じゃないし、セーフだよね？

あ、もちろん、犯人の書き込みも実在するぞ。本編では、手遅れになった後でわかることだけどね。ここは怖いインターネッツですね。

「そうなんですね。重ね重ねお礼を申し上げます。なにか、私にお返しできるものがあればいいんですが」

「では、いきなりで不躾《ぶしつけ》ですが、あなたの持っている勾玉《まがたま》のお守りを頂けませんか？あなたが幼少の頃、祖母より受け取った物です。雑誌のインタビューでは、肌身離さず持っていらっしゃるとのことでしたが……」

「えっと、これ、でしょうか」

小百合ちゃんはうなじに手を遣《や》り、首にかけていた紐《ひも》を外す。その先には、翡翠《ひすい》の勾玉があった。

「それです。それを俺にください」

「わかりました。どうぞ」

小百合ちゃんはあっさりお守りを俺に差し出した。

うーん。人肌のぬくもりを感じる。もしファンに売りつけたら物凄《ものすご》い額になりそう。

「だめよ！ 小百合。それはあなたがずっと大事にしていた心の支えじゃない。お礼なら、後日事務所の方できちんと考えて――」

「いえ。佐久間さん。いいんです。おばあちゃんは、いつか危機が訪れた時に、このお守りが私を助けてくれると言っていました。今日がきっと、その時なんだと思います」

小百合ちゃんは彼女自身に言い聞かせるように呟《つぶや》く。

「ありがとうございます」

（でも、残念ー！ ハズレ！ 本当は、小百合ちゃんがぬばたまの君に人格を乗っ取られて、武道館ライブで日本中に呪いを拡散させようとするピンチから守ってくれるやつでーす！）

本編の小百合ルートは、一度は夢を諦めたアイドルの再生物語だ。信頼していたマネージャーが小百合ちゃんを庇って殺されて、心に大きな傷を負った彼女は、芸能界を休業し、静養のために、俺たちの田舎にやってくるんだ。そこで主人公と出会い、心の傷を癒《いや》し、再びアイドルを目指す。

基本的に狭い田舎の世界で展開されるくもソラには珍しく、小百合ルートは東京で繰り広げられる、残酷ながらも華やかな物語だ。

なに？　アイドル○スターみたいで楽しそう？

そう思うじゃん？

本編では、なぜか主人公がTSして女の子になって、小百合ちゃんとデュオを組むんだよね。どうしてああなった。

俺はまだマイサンが惜しいからさ。小百合ちゃんのルートは勘弁願いたいんだ。

「あの。よろしければ理由をお聞かせ願えませんか？」

「そうですね……。あなたには知る権利があると思います。俺は因幡《いなば》神社の関係者です。この神社の名前に聞き覚えはありませんか？」

「そういえば――昔、祖母はそのような神社で巫女《みこ》をしていたと聞いたことがあります」

「その通りです。実はその勾玉は、本来、村の外には出してはいけない物なのです。あなたのおばあさんは、終生神に仕える村の姫巫女に選ばれたのですが、外の人間に恋をして、禁を破って村を出ました。本来、禁を破れば相応の報いがあります。おばあさんは、その報いから逃れるために、村の秘宝であるその勾玉を持ち出したんです」

これは全部事実。本来、この勾玉は、ぬばたまの君を鎮《しず》める神器の一つなのだ。こういうタブーがいくつか積み重なって、今の時代に、ぬばたまの君の封印が弱まりまくってたって訳さ。

「それは、その。祖母がご迷惑をおかけしました」

「いえ。いずれ、時代にそぐわなくなるシステムでした。破綻は時間の問題でしたよ。たまたま、小百合さんのおばあさんの代でそれが露呈しただけです。どちらにせよ、あなたが気に病むことではありません。こうして、勾玉が戻ってきた。それだけで十分です」

俺はしみじみとした雰囲気を醸《かも》し出しつつ、微笑《ほほえ》む。

「でも、あの、祖母は生前、とても後悔していました。故郷を裏切り、両親を裏切り、自分の欲望を優先したことを。……私が、祖母に代わり、その姫巫女をやるべきなのでは」

小百合ちゃんが表情を曇らせて呟く。

「故郷の村のことは、俺がなんとかしますから、大丈夫ですよ。あなたが姫巫女となって救えるのは、せいぜい鄙《ひな》びた田舎の村一つ。でも、アイドルとしてのあなたは日本の――、いえ、世界全ての人々を勇気づけることができる。どちらを選択すべきかは、言うまでもありません。個人的に、俺もアイドル『小日向小百合《こひなた》』のファンの一人なので、あなたをテレビで見られなくなるのは寂しいですしね」

俺は魅惑のショタスマイルを浮かべて言った。

つーか、絶対巫女なんかにはさせねーぞ。俺の大事なもう一個の玉のためにな。

まあ、でも、アイドルとしての知名度はその内利用させてもらうかもな。

「そうよ。小百合。あなたの身体《からだ》は、もはやあなた一人のためにあるんじゃないわ。アイドル、小日向小百合を待っている、全国のファンのためにあるの」

「わかりました……。私、もっと頑張ります。過去は変えられないけれど、祖母が与えた失望の何倍もの希望を作り出して、祖母の人生が間違いではなかったと証明します。彼女がいたから今の私があるのだと胸を張って言えるように——こんな素敵な小さいファンの方もいますし」

小百合ちゃんは吹っ切れたように微笑んで、俺の頭を撫《な》でた。

おっ？　オネショタか？　オネショタなのか？

「過分な報酬ですね。これ以上は、俺が何か払わないといけなくなる」

俺は年相応の照れた顔で言った。

「ふーん、あなた、よく見れば、イケメンとは言えないけれど、アイドル向きの親しみの持てる顔立ちをしてるわね。よければ、ウチの事務所に入らない?」

マネージャーがそう言って、名刺を渡してくる。

そりゃ、主人公フェイスだからな。不細工ではない。

「名刺は記念にもらっておきますが、事務所入りは遠慮させて頂きますよ。小百合《さゆり》さんの初恋愛スキャンダルの相手になって、全国の男を敵に回したくないので」

「うふふ、そうですね。こんなにかわいい子が入ってきたら、私、間違いを起こしてしまうかもしれません」

「それは困るわねー。小百合のブランドに傷がついたら、ウチの事務所が傾くわ」

マセガキの戯言《たわごと》だと思ったのか、小百合ちゃんとマネージャーがにやにやと笑う。

そんなこんなで、俺は適当に和やかな感じに話をまとめて、小百合ちゃんたちと別れた。

そのままケンチキへと舞い戻る。

ノリで黒服の人もケンチキに誘ったけど、ついてきてはくれなかった。

鶏肉《とりにく》はササミしか食べないんだってさ。マッチョメンも大変だ。

「ぴょい?」

クロウサがペッと骨を吐き出して、「上手《うま》くいった?」的な顔で俺を見つめてくる。

「完璧だ。高い金をお前に捧《ささ》げた甲斐《かい》はあった。最強格のアイテムをゲットしたぜ」

俺は頷《うなず》きながら、冷えたケンチキの最後の一本に手を伸ばした。

小百合ちゃんは所詮サブヒロインだが、そのストーリーの軽さに似合わず、持ってるアイテムは超重要だ。だって、三種の神器の一つだしな。ロリババア製のとは比べものにならん。

とにかく、これで保険ができたわ。俺がイレギュラーな道を歩む以上、ぬばたまの君の呪いはいつ不意打ちのように降りかかってくるかわからんからな。予備の浄化アイテムは持っておくに越したことはない。

肉（を食べたい）欲と安全欲求の両方が満たされた俺は、意気揚々とワープで村へと帰還した。やっぱり、世界を救うのは金とコネと肉だね。

＊　　＊　　＊

手に入れたいアイテムもあれば、仲間にしたい人もいる。

親友キャラ。

それは、主人公の最大の理解者にして、時にライバル。時に好感度計測器。時にファンディスクで攻略対象にさえなる。semiにゃんかわいいよsemiにゃん。

親友キャラを見ればそのギャルゲーのレベルがわかると言っても過言ではない。

親友キャラがいいギャルゲーに駄作はない。断言してもいい。

寿司《すし》屋における玉子焼きのようなものだ。

場合によっては、シリーズ通しての名物となり、どんな主人公よりも、ヒロインよりも、ユーザーから愛される登場人物へと成長することもある。

メ○オフ完結おめでとうございます。

しかし、残念ながら、くもソラは名作とまではいえないアレのため、親友キャラも凡《ぼん》だ。

いい奴《やつ》だけどね。

(それでも、是非、お近づきになりたいね。親友キャラはキングオブ便利屋だから)

当然、親友キャラが攻略の足掛かりになるヒロインも何人かいるしね。

(と、いう訳で、俺は親友くんとの素晴らしい出会いイベントを実現させるために、ヒロインズたちと河原にバーベキューにやってきたのだ)

透き通るような清流が、涼し気な音を立てて流れている。

そんな川に、俺とぷひ子と翼の三人は並んで釣り糸を垂らしていた。

「なー、そろそろポイント変えね?」

一向に来ないアタリに、翼が退屈そうにあくびをこぼした。

「つまんなーい」

ぷひ子も飽きたように、竿《さお》を置いて、川面《かわも》に石を投げ始めた。

今回、俺と翼とぷひ子は、食糧調達担当——ということになっている。

みかちゃんと祈《いのり》ちゃんは料理担当で、今頃はメインキャンプのテントの近くで下準備をしているはずだ。

無論、ゲーム本編では、翼と祈ちゃんは本来ここにいないはずのイベントである。

「いやー、もうちょっとだけ粘らせて」

俺はそう言い張る。無論、魚を釣るためではない。もっと重大なフラグの発生待ちなのだ。

(ゲーム内に正確な時間表記がある訳じゃないからな……。昼飯前であることは確かなんだが)

焦《じ》れた気分で来るべきその時を待つ。

水浴びに来たカワセミをぼーっと見ていた、その時——

バシャ、バシャ、バシャと、水を打つ音が耳朶《じだ》に響く。

「おい！　あれ！　ヤベエぞ！」

翼が竿を放り出して、川の上流を指さす。

どんぶらこ、どんぶらこと流れてくるのは、桃ではなく、幼女だ。年齢は俺たちと同じくらい。っていうか、一個下だって、俺は知ってるけどね。

とにかく、その幼女は足でも吊《つ》ったらしく、上半身だけでもがきながら、あっぷあっぷと苦しげな息をしている。川は結構な急流のため、見る見るうちに幼女はこちらに近づいてきた。

「ぷひゃー！　あの子、溺れてるよ！　どうしよう！　どうしよう！」

ぷひ子がおろおろと右往左往する。

「ペットボトルを浮き輪代わりにする！　みんな、中身を捨てて！」

俺はそう指示を下す。水分補給用の二リットルペットボトルの中身を捨てて再び蓋を閉める。

「「わかった！」」

ぷひ子と翼も俺に倣《なら》って、即席の浮力発生装置を作った。

「はあ！　はあ！　誰か！　妹を！　妹を助けてください！」

同時に、川岸を走ってくる音。響く中性的なハスキーボイス。

（来たか！　将来の親友くん。俺に任せておけ！）

「クソッ！　これに捕まれ！」

俺は三本のペットボトルを、釣りに使う水汲《みずく》み用の紐付《ひもつ》きバケツ――ビニール製の容器にまとめて入れた。そのまま、遠心力をつけて、川に投げ込む。

「ああっ、クソ。上手く届かない！」

だが、当然、流れの速い川で、ピンポイントで幼女が摑《つか》まれるタイミングで投げ入れることなどできるはずがない。

「ちっ。オレが行く！　引っ張り上げてくれ！」

翼が躊躇《ちゅうちょ》なく川へ飛び込んだ。さすが俺っ娘《こ》は正義感が強いぜ。想定通りだ！　利用して悪いと思うが、実際、この中で一番泳ぎが上手いのは翼だからな。仕方ない。

ま、万が一ミスった時のために、一応、救助要員と小型船舶を密《ひそ》かに手配してあるけどね。

でも、なるべく自然に展開するに越したことはない。

「おう！　――美汐《みしお》！　キャンプに戻って、お前のパパとママ――大人を呼んでこい！」

「わかった！」

ぷひ子がぷひぷひと駆けていく。

「おらよっと！」

翼は平泳ぎをしながら、バケツの端を持って浮き輪を誘導。さらに、シャツの中にペットボトルを入れて、バケツの紐《ひも》ごと抱え込む。人間浮き輪状態になった翼は、今まさに俺たちの目の前を通過しようとしている幼女を待ち構えた。

「捕まえたぞ！　ちっ！　暴れんな」

翼が幼女を確保。

「ぐっ——すぐに大人が来る！　泳ぐんじゃなくて、浮くことだけ考えて！」

俺はバケツの紐を摑みながら、岩に足をかけて人間アンカーと化す。きついけど大丈夫。比較的川の流れが弱く、踏ん張れるポイントを入念に選んだからね。

「ぼ、僕にもやらせてくれ！」

「ああ！　頼む！」

駆けつけた紅顔の美少年が俺に加勢して、紐を引っ張った。

「パパ！　ママ！　こっちこっち！」

二人で必死に踏ん張っていると、やがて、ぷひ子の叫ぶ声と共に、たくさんの足音が近づいてくるのが俺の背後から聞こえた。

(とりあえず、ミッションコンプリートかな)

俺は計画が成功したことに安堵《あんど》しつつも、最後まで気を抜かず、紐を握る手に力を込めた。

それからしばらくドタバタとしたが、結局、幼女ちゃんは無事怪我《けが》もなく救出された。

しばらくは恐怖で泣きじゃくっていたが、今は俺たちの持ってきたパックのジュースをチューチュー吸ってすっかり落ち着きを取り戻している。

「ありがとう。君たちは、妹の命の恩人だよ！」

キャンプに戻った後、将来の親友君こと、立花香《たちばなかおる》は、俺と翼の手を握って、何度も何度もお礼を繰り返した。

「お兄ちゃん。お姉ちゃん。ありがとー」

将来の後輩キャラこと、立花渚《なぎさ》ちゃんは、将来の小悪魔キャラの一端を覗《のぞ》かせる人懐《ひとなつ》っこさで、俺や翼に抱き着いてくる。

「とにかく、助かって良かった」

俺は微笑《ほほえ》む。

「だな。魚は釣れなかったけど、予想外のでけーの釣れておもろかったぜ。あー、腹減った。飯、食おうぜ飯。香と渚も来いよ」

翼も白い歯をこぼして笑うと、ざっくばらんに誘う。

「いいのかい？」

「ああ。飯はみんなで食べた方が美味《うま》いしな」

「嬉《うれ》しいよ！　僕も妹も、東京から越してきたばかりで知り合いがいなくて……。あっ、僕の父と母が、是非お礼をしたいって言ってるんだけど、何か欲しいものある？」

「マジか？　じゃあ、近所の駄菓子屋で食い放題とかやってもいいか!?」

翼が子供らしく、無邪気な欲望に瞳を輝かせる。

「もちろん！」

「おお、やったぜ。香、都会育ちだし、ベーゴマやったことないだろ。今度教えてやるよ！」

翼が香に肩組みして言う。

「ベーゴマ？　ベーソードじゃなくて？」

シティボーイな香がナチュラルに首を傾《かし》げる。

うち田舎に住んでるのん。

「あっ、駄菓子屋さん行くの！　私も行くー！　納豆もんじゃ作るー！」

「駄菓子屋ですか。実は、私、行ったことないんですよね」

祈ちゃんが羨ましそうに言った。

「そうなの？」

「はい。店番のおばあさんの鋭い眼光が怖くて、いつも素通りで」

「じゃあ、今度みんなで行こうか」

「はい！　正直、添加物が多そうなので、駄菓子自体はあまり食べたくないんですけど、たまに小説に出てくるから、気にはなってたんですよね。祐樹《ゆうき》くん。芥川《あくたがわ》の『トロッコ』に出てくる駄菓子、ありますかね」

「どうだろう。っていうか、あれって明確に何のお菓子か描写はなかったよね」

「はい。石油の臭いが染《し》みついたという描写があることから、かりんとうではないかと言われていますが、確実ではありません」

「みんなー、おしゃべりもいいけど、早く食べないとお肉が焦げちゃうわよー」

グダグダとしている俺たちを、世話焼きのみかちゃんが急《せ》かす。

（うんうん。いい感じに人間関係が回り始めたね。これでこそ、俺もフラグのぶち壊し甲《が》斐《い》があるってものだ）

俺は和気あいあいとした雰囲気の中、満足感に浸っていた。

なお、本編では、もちろん、今回のイベントに翼はいない。香も救助は間に合わず、主人公のみがペットボトルだけを抱えて飛び込み、渚を助けようとする。しかし、所詮は無知な子ども故の蛮勇。主人公は力及ばず、一緒に流される。結果、渚と共倒れとなり、水を飲み、意識を失い、万事休すかと思われたが、流木に引っかかっていたところを、ぷひ子が呼んだ救助の大人に見つかって、奇跡的に助かる。——しかし、それはもちろん奇跡などではなく、死にかけの状態の渚が、川に潜む古《いにしえ》の妖魔と契約したことによって得た、仮初の生に過ぎなかった——という真実が、渚ルートで明かされる。

彼女のルートは、自分を慕う元気で生意気な後輩キャラの美少女がだんだん異形になって心身ともにおかしくなっていく系で、割と伝奇ホラーの王道な感じのストーリーである。

でも、全年齢対象の健全なギャルゲーで、蛇化した女の子に丸呑《まるの》みされるという特殊性癖を植え付けようとしてくるのは、おじさん、やっぱりどうかと思うの。

(まあ、そのフラグもバキバキに折ったけどね)

まず、そもそも臨死体験がないので、当然呪いは発動しない。

加えて、俺と翼が一緒に渚を助けることで、彼女の好感度が分散し、俺とのフラグが立ちにくくなる。

(百合《ゆり》ルートに入ってくれてもいいんですよ、後輩ちゃん)

無論、親友くんにとって、俺が彼の妹の命の恩人であることには変わりはないので、本編同様、いい友達にはなれるだろう。

(後は、このイケメンを使って、上手《うま》く何人かのヒロインの好意《ヘイト》を押し付けられたらいいんだけどな)

親友キャラには、大きく分けてモテないお調子者系と、モテる中性的なイケメン系の二種類がいるが、こいつは後者である。存分に利用したいところだ。まあ、欲張り過ぎて逆に変な地雷を踏む可能性もあるから無理はしないけどね。誘導はするけど。

特に設定として、ぷひ子が好き（この世界ではこれからそうなる予定）というのがあるので、できれば厄介なフラグのデパートであるぷひ子を押し付けられればベストだ。これが寝取らせってやつかも？

（ともかく、これで大体、少年時代の最重要級の人物のフラグは上手いこと回収したかな？）

焼き過ぎて焦げかけた肉をさりげなく率先して食べて、いいところをヒロインたちに譲る主人公ムーブを見せながら、ひそやかな安堵を覚える俺だった。

こんなことをするとバッドエンドだぞ

バッドエンド

【人は一人では生きられない】

突入条件

- 全ヒロインの好感度が一定以下
- 共通ルート終了時に消去法で突入

主人公は、何もない田舎に嫌気がさし、都会へ逃げ出そうとするが、ぷひ子はそれを許さない。最終的には、口論することに疲れた主人公はぷひ子に黙ってこっそり街を抜け出してしまう。ぷひ子は主人公が自分を捨てたことにショックを受け、傷心と憎しみに駆られ、ぬばたまの君と完全に一体化する。そして、邪神そのものとなったぷひ子を中心とし、必死の呪いは日本中・世界中に拡散し、人類は滅亡する。

被害者《プレイヤー》は語る

フィルムにくっついた納豆くらい、ぷひ子はしつこいぞ!

第二章　サブキャラクターほど魅力的に見える謎現象

「ふうー。今日も遊んだ！　遊んだ！　勝った後のラムネは美味いぜ」

よく晴れた昼下がり。翼が分捕ったベーゴマを左手でジャラジャラさせながら、右手に持ったラムネを呷《あお》る。

「うーん、また随分負けちゃったなあ。これじゃあ、次のお小遣いの日まで持たないかも」

分捕られた被害者、こと香が苦笑する。

「そんなことねえだろ。最初は本当にクソ雑魚《ざこ》だったが、今日は五回に一回くらいは勝てるようになってきたじゃねえか」

「うん。祐樹に特訓してもらってるからね」

「香は器用な方だし、呑《の》み込みは早いんだよ。独楽《こま》回しの腕の方はもう十分だ。ただ、ベーゴマの改造は、経験がものを言うみたいなところがあるしな」

俺は香を気遣って言った。

俺の望み通り、香と俺とはお互いを名前で呼び捨てにする程度には仲良くなった。このメンバーの中では希少な男性陣だからな。よっぽどのヘマをしなければ、自然に仲良くなれる。

「うん。色々試してみるよ。ベーソードもおもしろかったけど、ベーゴマは自分で色々イジれる楽しみがあるよね」

「その調子だ。道具ならいくらでも貸してやるから」

「先輩風吹かせちゃって。ゆうくんにチ○コ巻きを教えてあげたのは誰だったかなあ」

みかちゃんが、俺の頬にアイスの袋を当てて、耳たぶに唇があたるような距離で囁《ささや》いてくる。

巻き方の名前はド直球だが、本当にそういう通称だからしょうがないんだよなあ。

「み、みか姉、それは言わないでよ」

俺は弟キャラっぽい年相応の照れを見せつつ呟《つぶや》いた。

「……独楽の運動は物理科学です。金属の材質と形状から適切な重心を設定することが重要かと。よろしければ、私が計算しましょうか？」

「ありがとう。でも、遠慮しておくよ。こういうのは自分でやらなきゃ意味がないんだ」

祈《いのり》の提案に、香は将来ファンクラブができるほどのイケメンスマイルで応えた。

「それでこそ男だ！　よしっ！　オレのラムネを分けてやるよ。飲め！」

「う、うん……。ありがとう」

香は顔を赤くしながらも、翼から差し出された飲みかけのラムネを受け取る。

（くそっ。香くんさ。そこの俺っ娘《こ》じゃなくて、ぷひ子っていう、魅力的な女の子が側《そば》にいるって気づこうよ）

香くん親友化計画は上々だが、俺のもう一つの野望、ぷひ子押し付け計画の方は、全く上手くいっていない。

俺の意図に反して、親友氏は翼に好意を持っているようだった。

まあ、出会いが出会いだけに無理もないんだけどね。

これも、俺が本来のフラグを捻《ね》じ曲げた代償なのだろう。

あ、もちろん、今の俺たちの世界線では、翼を男だと勘違いするようなラブコメアクシデントは起きていない。いや、正確にいえば、すぐに勘違いが解けた、というべきか。

本編で主人公が翼を男だと勘違いしたのは、接触時間が短かったからだ。すなわち、二人の夏の一日だけの思い出だったから、ギリギリ女を男と勘違いするのも許されただけであって、これだけ何日も友達として接していて、女だと気づかないのはいくらなんでも無理がある。

（多分、大丈夫、だろうな。香と翼は原作では関係性が薄いし）

原作において、香と翼の絡《から》みはほぼゼロに近い。変なフラグが立つことはないだろう。ならば、香の自由恋愛に任せておく他ない。感情の誘導はできても、強制はできない。

「……不思議です。足が速いとかならともかく、何で一遊戯の手腕ごときが、集団内での序列を決めるのか。やはり、人間はホイジンガの言うところの、ホモルーデンスなのでしょうか」

「あー、祈ちゃんもそういうの苦手なんだー、私もね。かけっこはいつもビリなんだあ。べーゴマも難しくて回せないの。あっちで一緒におままごとしよっ！」

ぷひ子が勝手に祈を仲間認定し、袖を引く。ぷひ子はメシマズキャラだしな。一応、発酵食品の選球眼と作製能力だけは異常に優れているという設定があるので、そういう系の料理だけは上手いが、普通の料理はからっきしできない。なお、くもソラのファンディスクで描かれたヒロインとくっついた後の『その後』のエピソードにより、こいつと結婚した場合、毎日、ご飯と漬物類だけの坊主《ぼうず》みたいな食生活が待っていることは確定している。

だから、俺は君のルートだけは特に回避したいんだよ、ぷひ子くん。

「いや、苦手とか、そういうことではないんですけど、お付き合いします。……ちなみに、この人形、元は娼婦《しょうふ》の設定だったってご存じですか？」

祈ちゃんがボソッと嫌な豆知識を呟きながら、ぷひ子に従う。

「渚《なぎさ》も交ぜてー！」

　渚ちゃんが二人にひっついていった。

「あー、じゃあ、私も交ぜてもらっちゃおうかなー」

　みかちゃんが三人に加わる。もちろん、おままごとがしたい訳ではなく、彼女たちをフォローするためだろう。ぷひ子は天然で、祈ちゃんは渡る世間は鬼ばかり的な徹底的なリアリティ重視の脚本を構成するので、そのままだと渚ちゃんがギャン泣きする展開になるからね。

　さすがみかちゃん、インドア人間・アウトドア人間の両方に対応できる万能人材。勝手に空気を読んで、退屈してそうな娘や、寂しそうな娘に積極的に声をかけてくれる、くもソラの良心や。

　ほんまみかちゃんはええ娘やでえ。なんでこんないい娘が、ほとんどのルートで、あんな口に出すのもはばかられるようなひどい目に遭わされるのかわからないよ。くもソラのライターは絶対性格が悪い（断定）。

「っつっても、アレだなあ。なんか、もうちょっとワクワクすることがしてえな。結局、虫取りもできてねえしよ。なんつーか、こう、オレの中の宝探し欲が全然満たされてねーんだよ。やっぱり、森に忍び込むか？」

翼がウズウズと身体《からだ》を微動させながら言う。

「森はやめとこうぜ。オオクワガタを盗もうとした余所者《よそもの》が病院送りにされたらしいし」

俺は難色を示す。つーか、この俺っ娘め。隙あらば森に近づこうとするな。殺すぞ。そんなにリアルザムザになりてーか。

「うーん、じゃあ、肝試しなんてどうかな？　夏っぽいし、楽しいと思うけど」

よくぞ言ってくれた香くん。君がそのフラグを立ててくれるのを待ってたんだよ。

「おっ、肝試し、いいんじゃね？　『毒蛾《どくが》伯爵の館』とかどうだ？」

俺はそう言って、珍しく自分からフラグを立てに行く。

「毒蛾伯爵の館ってなんだ？」

「この村に来る途中で見なかったか？　丘の上にある洋館だよ。蔦《つた》がいっぱい絡まっててさ。いかにもお化けかなにかが出そうな感じの」

「あー！　あのなんか殺人事件が起きそうなとこな！」

合点がいったように翼が頷《うなず》く。

「僕も車の中からちらっと見た程度だけど、かなり古くて、立派なお屋敷《やしき》だよね。でも、何で『毒蛾伯爵の館』って言うの？」

「ただの噂話《うわさばなし》よ。昔、この村の森で珍しい蛾《が》が取れるっていう噂《うわさ》を聞いた外国の昆虫学者でもある伯爵が、あのお屋敷を建てたの。それで、地元の女性と恋に落ちて結ばれたんだけど、実は伯爵は本国に妻子がいたの。その事実を知り、いつか捨てられるんじゃないかと思った女性は、伯爵に蛾の毒を与えて少しずつ弱らせていった。自分ではなにもできないようにして、永遠に伯爵をこの地に留《とど》まらせるために。色々あって、最後は女性と伯爵は互いに刺し違えて亡《な》くなるの。そんな忌《い》まわしい出来事があってから、今でもあの洋館からは時折、苦しむ伯爵のうめき声や女性のすすり泣く声が聞こえるとか。そんな悪評もあって、洋館には買い手もつかず、ずっと無人らしいわ」

おままごとのフォローをしていたみかちゃんが、こちらを振り向いてそう解説した。

「そんな由来が……。いかにも肝試しにぴったりな感じだね」

「あの館、私も気になってました。郷土史には伯爵なる人物があの屋敷を建てたところまでは記されているのですが、それ以上の情報はなく……。この村の規模からいえば、かなり大きな出来事であったはずですが、不自然なまでに記述が少ないんですよね。まるで、誰かが意図的に消させたかのように」

祈が考え込むように、顎に手を当てる。

かなりヤバそうなフラグに見えるだろ？

実は大したことないんだなこれが。

って」

「ま、真実かどうかはともかく、おもしろそうだろ？　肝試しをやるならあそこしかない
「オシッ。決まりだ。早速今晩行くぞ。二十四時にあの自販機の前だ。あっ、当たり前だが、親に黙って出てこいよ。見張りつきの肝試しとかつまんねーからな」

翼が駄菓子屋の横に設置されたそれを指して言う。また、リスク増し増し頂きました。

俺は結論を知ってるから、敢《あ》えてこのフラグを踏みに行けるけど、初回プレイの時はめちゃくちゃ迷ったよね。明らかに死亡フラグっぽいもん。

「えー、やだー。お化け怖いよー！」

「渚もいやー！」

ぷひ子と渚ちゃんが首をブンブン横に振って拒否する。

本編では、肝試しに行くメンバーは、ぷひ子、みかちゃん、主人公、香の四人だ。ぷひ子はやはり、肝試しを怖がるが、みかちゃんと主人公を二人きりにしたくない嫉妬心から、参加を決める。今の世界線ではどういう結論に達するかは不明だが、それはどうでもいい。

今、重要なのは、俺があの館に特定の時刻に行くことだからな。

「来たくねーやつは来るな！　ママのおっぱいでも吸って寝とけ！　あ、だけど、親にチクんな。それだけは守れよ。おい、祐樹《ゆうき》、香。お前らは当然来るだろ？　玉ついてるもん

な？」

　翼がそう言って釘《くぎ》を刺す。

「そりゃ俺が言い出しっぺだしな。行くよ」

　俺は頷いた。

「僕も行くよ」

　香も決然として言った。本編では、『ぷひ子にかっこ悪いところを見せたくないから行く』という設定だったが、それが今は『翼にかっこ悪いところを見せたくないから行く』にすり替わった感じだろうか。

「私はおすすめできないなあ……。でも、止めても行っちゃうだろうし、だったら、近くで見守りたいかも。自宅待機してても、どうせ気になって眠れないだろうし」

　みかちゃんは『しょうがないにゃあ』といった感じで参加を表明する。

「そうですね……。普通に犯罪ですが、こういうのは子どもの時しか許されない逸脱ですし、経験しておくのも悪くないですね。郷土史の真相に迫る手がかりもあるかもしれませんし」

　祈は案外乗り気だ。お堅いキャラに見えて、知的好奇心は旺盛だからね。

「おっしゃ。そこの豚子とガキ以外は全員参加だな！」

「ううー、みんな行くのー？　じゃ、じゃあ、私も行こうかなー」

「うーん。うーん。やっぱり、渚も行くー。渚だけ仲間外れとかいやー！」

翼が挑発的にそう言うと、最終的には、嫌がっていた二人も、渋々参加を表明した。

こうして俺たちは、全員で噂の洋館へと肝試しに行くことになった。

そして夜。時間通りに自販機の下へ集合した俺たちは、早速洋館目指して出発した。

「ったく。こんなに大勢でゾロゾロ行ったんじゃ、肝試しにならねーだろうが。一人ずつか、せめてペアだろ？」

懐中電灯を手に先陣を切る翼が、不満げに呟《つぶや》く。

「時間をかけていたら夜が明けちゃうだろ。屋敷は広いし、中の探索する時に分担すればいい」

俺はもうビビって震えてるぷひ子と渚を一瞥《いちべつ》して言う。

一応、主人公ムーブ的には、お化けを怖がっているぷひ子と渚に配慮した形である。

「僕も祐樹に賛成だよ。一応、事故があったばかりだし、妹と離れるのは……」

香が控えめに賛同の意を表する。いくら翼に好意を抱いているとはいえ、肉親の情をおろそかにできるほど、香は冷たい人間ではない。

好感度調整的には、ぷひ子　and　渚↑↑、みかちゃん↓（ゆうくんってやっぱり優しいよね）、香↑、翼↓って感じかな。

翼は根にもたない性格なので、多少好感度が下がっても問題ない。適当に駄菓子でも食わせとけば勝手に回復する。それに、香が翼を好きなら、あんまり翼の俺への好感度を上げ過ぎると香の嫉妬フラグが立ちかねないし。実際、原作ではぷひ子を巡って、香と主人公は一問着《ひともんちゃく》あるし。

なお、本編の肝試しでは、選択肢が出て、じゃんけんでペアを決める定番な展開がある。俺の望むルートに行くには、香とペアを組むことが望ましいが、残念だが、じゃんけんの結果はコントロールできない。本編での肝試し参加者は、俺・香・ぷひ子・みかちゃんの四人なので、参加者が増えた現在において、ゲーム本編と同じ手を出しても、同じ結果が保証されているとは考えにくいからだ。変に特定のヒロインと二人っきりになってフラグが立つのは困る。くじ引き形式にして、イカサマを仕込むということもできなくはなかったが、万が一バレた時の好感度低下リスクを考えると、そこまでする必要はないな、という結論に達した訳だ。

「私としては、これでも十分、ドキドキしてるわ。あーあ、私、生活態度で花丸以外もらったことないのに、ゆうくんのせいで悪い子になっちゃったなあ。責任とってくれる？」

左右の手をそれぞれ渚ちゃんとぷひ子の手につないだみかちゃんが、からかうように言う。

　さりげなくかがんで胸元をチラリズムさせるのも忘れない。このスケべめ。

「そんなこと言って、みか姉も実はノリノリのくせに」

「ふふふ、バレたか」

　みかちゃんがテヘペロして笑う。

「大丈夫です。文学者たちの幼少の頃の行いと比べれば、大した非行ではありませんよ。聖人で通っている宮沢賢治《みやざわけんじ》ですら、旅館の一階を水浸しにする悪戯《いたずら》をしていたくらいですし」

　祈《いのり》が涼しい顔で言った。妙なところで肝が据わっている女である。

　そんなこんなで、一時間ちょいほど歩くと、例の洋館が見えてきた。

　石造りの年代物で、壁には枯れた蔦が絡《から》まり、『いかにも』な感じである。敷地《しきち》もかなり広い。籠城《ろうじょう》戦ができそうな規模だ。っていうか、本編ではするんだけどね。

「じゃ、行くぞ」

「ああ」

「うんしょっと。重いね」

錆《さ》びた鉄格子《てつごうし》の門扉《もんぴ》を押し開けて、俺たちは洋館の敷地に足を踏み入れた。

「ぷひゅー。変な虫さんが、なめくじさんが、イヤー！」

「ぷひちゃん。虫除《むしょ》けスプレーもっとかけてあげるから落ち着いて」

「ううー。お化け怖い……」

「鎌でも持ってくるんだったたな。草がウゼぇ」

「ま、これも冒険ってことで」

俺たちは、伸び放題になった夏草を掻《か》き分け、玄関口へと辿《たど》り着く。

「で、どうする？　正面突破するか？」

俺は戯《たわむ》れに双頭の蛇の形をしたドアノッカーに手をやりながら、みんなの顔を見渡す。

「ドア、開きますかね。いくら不用心な田舎とはいえ、普通は施錠《せじょう》されていると思いますが」

「ま、その時は窓でも割って入ればいいだろ――おっ、開きそうだぞ。でも、固《かて》えな。お前ら、力を貸せ！」

扉を肩で押し、体重をかけながら翼が呟く。それに倣《なら》い、俺たちもドアに自分の体重を預けた。

ギギギギギ、と、鉄扉が不気味な音を立てて開いていく。

「おっしゃあ！　開いた！　テンション上がってきたぜ！　それじゃあ、各自探検な！

一番スゲエお宝を見つけた奴《やつ》の勝ちだぜ！」

翼が我先にと洋館の中へ突っ込んでいく。

「ま、待って、僕も行くよ！」

香がその後を追った。

うーん。オチを知ってるとあんまり行きたくないけどなあ。

主人公のキャラ的に行かない訳にはいかないんだよね。

「翼たちは北か！　じゃあ、俺は西を攻めるぜ！」

俺は威勢よくそう叫んで館へと突っ込む。

「うおっ」

「えっ」

「なっ」

突如、浮遊感が身体《からだ》を包む。

こうして、俺たち三馬鹿は、仲良く逆《さか》さ吊《づ》りになったとさ。

「お兄ちゃん！」

「ゆーくん！」

「二人共、行っちゃだめ！」

みかちゃんが二人の手を引いたのだろう。多分。背中越しで見えないけど。

「……太宰《だざい》なら速攻、友達を置いて逃げ出しそうなシチュエーションですね」

祈がぼそりと呟いた。

「ふう。全く騒々しい。――あなた方、ワタクシの住まいに土足で踏み入るなんて、一体、どういう了見ですの。日本人は礼儀正しい方々だと聞いていたんですけれど、どうやらその情報は間違いだったようですわね」

奥の中央の階段を下り、ランプを片手に威風堂々現れたのは、お手本のような金髪ドリルだった。フリフリのついたそれっぽいドレスを着ている。

年齢としては、俺と同年代の設定だ。

「お嬢様。いかが致しましょう。『処理』致しますか？」

金髪ドリルの横に控えた、銀髪のメイドが無機質な声で呟いた。

もちろん、メイド喫茶の従業員のようなミニスカではなく、露出の少ないきっちりかっちりなロングスカートタイプ。腰にはロングソードを佩《は》いている。古き良き武装メイドスタイルだ。

ちなみに、彼女は俺の二個上の設定だ。

（シエルお嬢様とメイドさんキタコレ）

俺は血が頭に上っていくのを感じながら、作中屈指の人気キャラたちを見つめた。

「ご、ごめんなさい。あの、電気がついてないので、無人かと思って」

香が弁解するように言った。

「古い館ですから、配電が行き届いてませんのよ。今日、こちらに着いたばかりですの」

シエルお嬢様は、イギリスからの帰国子女である。本国で発生した血生臭い身内の権力闘争から逃れるため、急遽《きゅうきょ》この田舎に疎開してきた。それ故、住居も満足に整っていないのだ。

「ちっ、人がいるならいるって、看板でも出しとけよ！　クソがっ！」

翼が悪態をつく。

「盗人猛々《ぬすっとたけだけ》しいですわね。開き直りは見苦しいですわよ」

「悪かったよ。なんらかの形で償いはするから、許してくれ」

俺はきっちり反省しているトーンでそう謝る。

「……ふう。仕方ありませんわね。――ソフィア。この方々を自由にして差し上げて」

「ですが、お嬢様。刺客の可能性も」

「このような簡単なトラップに引っかかる刺客がおりまして？」

ソフィアの懸念《けねん》に、シエルが肩をすくめる。

なお、こいつのトラウマ発生は、この先、信頼していた『お兄さま』が実は黒幕だったということを知ってからのことになるが、俺にそれが防げるかは怪しい。

なにせ、相手は財閥だからな。

いくら俺が金を稼ぎまくって、政治家とのコネを作り始めてるとはいえ、財力も権力もまだまだ到底敵《かな》わない。

まあ、シエルのぬばたまの君の巫女《みこ》としての血は、全ヒロインの中でも一、二を争う薄さなので、悲劇には直結しないだろう。シエルのバッドエンドは、彼女自身のバッドエンドであり、世界の危機にまでは至らない。

要は、救出のコストとリターンが見合っていないヒロインなので、後回しにせざるを得ない枠である。

それでも、お嬢様キャラは色々イベントを回すのに便利だから、関係はつなぐけどね。

「──かしこまりました」

ソフィアは、俺たちのところへゆっくりと近づいてくると、腰の剣を一閃《いっせん》させた。

縛《いまし》めから解き放たれた俺たちは、床へと転がる。

「あの、住居に不法侵入した私が言うのもなんなんですが、それ、普通に銃刀法違反では？」

祈が冷静に突っ込む。

「模造刀です」

ソフィアは眉一つ動かさずに即答し、主《あるじ》の下へと戻っていく。

嘘《うそ》じゃん。バリバリの真剣じゃん。ついでに、それ、過酷な実験で死んでいった仲間たちの魂が詰まった作中屈指の強武器《つよぶき》じゃん。

銀髪メイドこと、ソフィアちゃんは、俺のママンによって改造人間にされかけ、エゲつないトレーニング、もとい実験体にされていたところを、護衛を探していたシエルお嬢様に身請けされて救われたという裏設定がある。そして、彼女たちの犠牲のおかげで、今の主人公くん＝俺の命がある訳です。そういう意味では、ソフィアちゃんに感謝しないといけないね。

ちなみに、彼女は本編では攻略対象のヒロインではないが、くもソラ発売後にご主人様のシエルちゃんを凌《しの》ぐ人気を得たため、ファンディスクで無事、攻略できるようになった。主人公くんとは過去の因縁が色々とあり、好感度がマイナススタートのため、中々攻略難度は高い。

「とりあえず、立ち話もなんですから、お入りになって。お茶にでも致しましょう。ソフィア、紅茶を――いえ、時間が時間ですし、ハーブティーの方がよろしいですわね」

「はい」

ソフィアが音もなく視界から消える。彼女の戦闘力は、ドラ○ンボールにおけるクリ○ンくらい強い。一般人相手なら大体余裕で勝てるが、ぬばたまの君の呪いが発動した人外チートヒロインズには敵《かな》わない。それくらいの立ち位置だ。

「では、応接室へどうぞ」

シエルは洗練された動作で、俺たちを応接室に導く。

マッチの火で灯《とも》されたろうそくが、部屋の中を赤く照らす。

「……もしかして、あれ、『ファーブル昆虫記』しかも、初版じゃないですか⁉」

インテリアを兼ねた本棚を見て、祈が目を輝かせる。

「初版かはわかりませんけれど、相当古い物であることは確かですわね。ワタクシの曽祖父のものですから」

「あの、もしよろしければ拝読しても？」

「ええ。ご自由にどうぞ」

「ありがとうございます！」

祈が本の虫モードに入った。これでしばらくは会話に参加してこないだろう。

「失礼致します」

やがて、ソフィアが銀色のカートにのせて、ティーポットとお茶請けを運んできた。

それらをテキパキと俺たちの前に配ってから、再びシエルの側《そば》に控える。

気まずい沈黙が流れる。

まあ、俺たちは不法侵入者だしね。

「そういえば、私、まだ英語はあまり読めないのだけれど、本棚に並んでるの、昆虫関係の本ばかりよね。『毒蛾《どくが》伯爵』の噂《うわさ》と関係あるのかしら」

コミュ力の塊のみかちゃんが会話の口火を切る。

「毒蛾伯爵？　なんですの、それ」

「ここら辺に伝わってる噂話なんだけど――」

俺はシエルに『毒蛾伯爵』の逸話と肝試しをするに至った経緯を、かいつまんで説明した。

「なるほど。そういう理由でこちらにいらしたんですの。納得は致しませんけど、理解はしましたわ。結論から申し上げますと、その噂話は八割がた虚構ですわね。ワタクシの曽祖父が昆虫学者で、こちらの現地女性――曽祖母と結婚したところまでは本当ですけれど、後は全て事実ではありませんわ。むしろ、身体を悪くしたのは曽祖母の方で、曽祖父が当時の最先端の医療を受けさせるために彼女をイギリスに連れ帰ったというのが真相です」

実は、このエピソードは他のヒロインの先祖にまつわる諸々《もろもろ》の悲劇と、シエルの曽祖父の噂が混合したものだ。つまり、実際にあったけど、シエルの曽祖父とは関係ない。

「ちっ、なんだ。つまんねーの」

翼は退屈そうにソファーの背もたれに身体を預けて欠伸《あくび》する。

「ぷふー。じゃあ、お化けさんはいないんだね。よかったー」

「金髪のお姉ちゃん、このお茶おいしい！　お菓子も！　ありがとー」

ぷひ子と渚《なぎさ》はむしろほっとしたように笑う。

「どういたしまして。——で、真相がわかったところで、あなた方はどう罪を償いますの？　けじめもつけずになあなあというのは、ワタクシ、好みじゃありませんの」

シエルは貴族っぽい峻厳《しゅんげん》な視線を俺たちに送ってくる。

「……そうだな。とりあえず、この屋敷《やしき》の掃除を手伝うっていうのはどうだ？　事情はよくわからないけど、人手が足りてないみたいだし」

俺は本編通り、そう贖罪《しょくざい》の提案をする。

「あ、うん。いいね。僕も一生懸命、引っ越しの手伝いをやるから、ゆるしてもらえないかな」

香が即座に賛同して頷《うなず》いた。

「お兄ちゃんがやるなら、渚もお手伝いするよー」

「ぷひ子もお掃除する！　あのね。納豆にはお水をきれいにする力があるんだよ」

「あ、では、私は書庫の整理などを任せてもらえればと」

他もおおむね賛同の意。

「あー？　掃除とかタルい――」

「翼ちゃん。ここはゆうくんに従いましょう。上手《うま》くいけば、私たちの秘密基地ができるかもしれないわよ？」

「秘密基地か……、まあ、それなら悪くねえかもな」

数少ない不満分子も、みかちゃんが即行で鎮圧した。

「――わかりましたわ。それで手を打ちましょう。ソフィア一人に屋敷の掃除を任せるのは、さすがに酷ですものね」

シエルはハーブティーを飲んで一拍おいてしばし瞑目《めいもく》した後、そう呟《つぶや》いた。

（説明しよう！　シエルは、対等に付き合える友達に飢えているのだ！）

シエルは財閥特有の利害関係前提のドロドロした人間関係に疲れている。

つまり、お嬢様キャラのご多分に漏れず、真の友情やら恋愛やらに脆《もろ》くてチョロいのだ。

「お嬢様。掃除ごとき、私が……」

「でも、あなた、最近働き詰めじゃありませんの。ワタクシは今、あなた以外に信頼できる従者もおりませんのよ。倒れられても困りますわ」

シエルは、金髪ドリルらしいツンデレの片鱗《へんりん》を見せる、思いやりあふれる声色で言った。

「お嬢様がそうおっしゃるなら。――あなた方、お嬢様の寛大さに甘えて、調子に乗った行動を取らないでください。二度目はありません」

ソフィアが射貫《いぬ》くような目で俺たちを見渡し、そう釘《くぎ》を刺す。

（さて。舞台は整ったな。やっぱり、不安の芽は早めに摘んでおかなきゃね）

俺は神妙に頷くフリをしながら、銀髪メイドに狙いを定める。

シエルの鬱フラグを今すぐ折るのは無理だが、ソフィアの方は違う。

ベストな展開は無理でも、ベターな選択をして、彼女の歓心を買うとしよう。

やがて、俺たちは、屋敷の掃除にかこつけてシエルの洋館に入り浸るようになった。

その内に夏休みが終わり、突然の海外からの転校生に沸く小学校や、イギリスと日本の文化ギャップによるなんちゃらモザイク的なコメディなど、ライターのテキスト水増し（キロバイト稼ぎ）の共通イベントをこなし、そこそこ仲良くなった頃合いを見計らって、俺は、シエルとソフィアと三人だけになる機会を探った。

そして、ぷひ子が歯医者に行き、みかちゃんは学級委員長のお仕事、翼はスポーツクラブ、香と渚ちゃんは家族でお買い物、祈《いのり》は楽しみにしている本の新刊が出たので引きこもりモードになったある日、俺は腹案を行動に移すことにした。

「今、ちょっと時間もらってもいいか」

シエルの屋敷で、算数の宿題を終えた俺は、そう切り出す。

「──構いませんわよ。どうやら、ユウキはワタクシに何かおっしゃりたいことがあるようですわね」

テーブル越しに俺の前に座っていたシエルは読んでいた詩集を閉じて、探るような視線をこちらへと向ける。

「バレてたか」

「ええ。しばしば熱い視線を感じて、ドキドキしましたわ。ワタクシの美しさに魅了されてしまわれたのかと思いましたけれど、どうやら、そうではないようですわね」

シエルが冗談めかして言う。

よかった。周りにバレないように、隙を見て、チラチラ見てアピールした甲斐《かい》があったよ。

まあ、気づいてくれると信じてた。シエルは社交界を生き抜いてきた女の子なので、他人の視線や感情の機微には敏感だという設定だからね。

「――俺は、二人にどうしても会わなきゃいけない理由があったんだ。会って、謝りたくて」

俺は深刻な雰囲気を醸《かも》し出して、そう切り出した。

「謝る？　屋敷に侵入したことなら、いつまでも根に持つほどワタクシは狭量《きょうりょう》な人間ではありませんわよ。それとも、ティースタンドからケーキをつまみ食いなさった件――でもなさそうですわね」

俺のただならぬ様子に、シエルは表情を引き締める。

「ああ――俺は今、父方の名字の『成瀬《なるせ》』を名乗っている。でも、母方の名字は『櫛枝《くしえだ》』だ。これでわかってくれるかな」

「あなた――！　まさか、『スキュラ』の関係者ですの！」

シエルが椅子の上で身構える。

「……」

ソフィアは無言で剣の柄に手をかけた。

おいおい、いきなりデッドエンドは勘弁してくれよ。

それにしても、急に空気感が、まど〇ギの三話《マミっちゃう》くらいガラッと変わったな。

まあ、これからする話は、どちらかといえば、くもソラ本編ではなく、続編のヨドうみ寄りの話だからなー。ヨドうみは、同じシリーズとはいえ、割とガチガチにハードな異能バトルしちゃう世界観なので、この場の雰囲気もそちらに引きずられてる感じだ。これでも、まだ完結作に当たる第三シリーズ、『果てしなき宇宙《ほし》の上で』——通称『はて星』よりは全然マシだからいいよね。あそこまで行っちゃうと、もはや呑気《のんき》にハーブティーを飲んでる余裕なんてないからな。『水分摂取？　沪過《ろか》した小便でも飲んどけ』がデフォなのが『はて星』クオリティ。

「関係者、といえば関係者なのかな。今はビジネスの一部で、母を利用しているけど、スキュラそのものや『オロチ計画』には噛《か》んでないよ」

「その言葉を知っている時点で、信用できませんわ」

シエルが警戒感を滲《にじ》ませて言う。

「本当だよ。俺は記憶もないような年齢で、父に連れられて、ここに越してきてるからね。母と連絡を取り始めたのは、つい最近——夏休みに入ってからのことだよ。母がやってきたことを知ったのも、ね。疑うなら調べてもらってもいいけど——ソフィアさんは、初めて会った時から、俺のことに気が付いていたよね」

「……ええ、存じ上げてました。私の意思に関わらず、『刻印』がうずいて仕方なかった。

ですが、あなたに記憶があるとは思いませんでした。あなたもあの施術を受けてるなら、『代償』の一つとして、関連する記憶は失っているはずです」

ソフィアの言う通り、本編の主人公は、特定のルートに入らない限り、ママン関連のヤバい研究のことを思い出すことはない。でも、まあ、俺はくもソラに自信ニキなので。

「うん。知らないままだったら、その方がよかったんだけどね。知ってしまった以上は放ってはおけないから」

「放ってはおけない、ですか。失礼ですが、私より非力で幼いあなたになにができると。安易な同情など、不愉快なだけです」

ソフィアが珍しく感情を滲ませ、声を荒らげる。

「ちょ、ちょっとお待ちなさいな。ワタクシにもわかるように説明してくださる？　ソフィアがスキュラで非道な扱いをされていたことは存じ上げておりますけれど、それとユウキがどう関わってきますの？」

「ああ、そうだよな。そこから説明しないとな。あくまで、これは今、俺の知っている範囲の情報でしかないんだが――」

いくつかの事情は伏せて、必要な情報のみ開示する。

全部開示したら、シエルの未来を予言しちゃうことになるからね。

　ブラコンの彼女に『あんたのお兄様、俺のママンの百倍くらい外道だよ』という真実を伝えても、好感度がダダ下がりするだけでいいことはない。

「……つまり、あなたのお母様——と呼ぶのは癪《しゃく》ですわね。あの女は、生まれながらに病弱だったあなたを助けるために、あの非人道的な計画を始めたと」

「そうだ。その行いを許せなかった俺の父親は、母と離婚して、俺をこの村に連れてきた」

「事情はわかりましたけど、それはあの女が償うべき罪であって、ユウキが謝るべきことではないのではなくて？」

「うん。そうなんだけどね。ソフィアさんを始めとする犠牲の上に、俺の人生が成り立ってる事実には変わりないから」

「……そうですわね。生まれながらに否応《いやおう》なく背負わされる運命もありますわ」

　シエルが実感の籠った重々しい声で言った。いつもながら、小二の会話じゃないよな、これ。シエルは、社交界で揉《も》まれて否応なく、子どもながら大人にならざるを得なかった設定だからいいとしても、主人公である俺のキャラは崩壊気味だ。

　まあ、いいか。ルートによってライターが変わって、主人公が別人格みたいになるのはギャルゲーにはよくあることだしね。

「それで、あなたは一体どうしたいのですか。謝られても、私はあの女を許すことはできませんし、あなたを恨むべきでないとわかっていても、やはり全てなかったことにして、仲良しこよしという訳にはいきませんよ」

「ソフィア……」

シエルが何とも言えない悲しげな表情で、ソフィアを見遣《みや》る。

「わかってるよ、ソフィアさん。俺は、そんな都合のいい関係改善を望んでいる訳じゃない」

「では、あなたを人質にして、あの女を脅迫しろとでも？　そうすれば、何人か仲間が解放されるかもしれませんね」

ソフィアが冷めた口調で言った。

「それは無理だね。初めは俺を助けるための研究だったかもしれないけど、今はもう、そういう段階じゃなくなってるから。俺を人質にした程度じゃ、母は止められない」

俺をパパンに取られたママンは、寂しさからますます研究にのめり込んでマッドにサイエンスしちゃってる設定だからね。色んなヤベーところから出資も受けてるし、もう止まれないんだよねー。つーか、シエルのお兄様がその大口出資元の一つなんだけどね。鬼畜うー。

「なら、今のこの会話は全て無意味でしょう。お互いに不愉快になるだけです」

「そうではないと信じたいな。ソフィアさんの言う通り、はっきり言うと、今の俺に母の実験をやめさせる力は全くないよ。でも、全員は無理でも、何人かなら、あの地獄から救えるかもしれない」

ママンの計画をどうにかするのは、続編の主人公くんのお仕事だ。俺がフラグを盗んじゃいけない。俺の目的は、ママンの討伐じゃなく、あくまでソフィアちゃんとの関係改善だ。

「救える？　あなたが言えば、あの冷血女が『ヒドラ』を融通すると？　スキュラの最重要機密にして、最大の資産ですよ」

「『成功例』のヒドラを斡旋《あっせん》してもらうのは無理だろうね。でも、持て余している『蛭子《ひるこ》』の方ならなんとかなるんじゃないかな」

ヒドラとは、ママンが有する、亡霊がインフェルノな感じのめっちゃくちゃ強いエージェントである。ここら辺に手を出すと、下手すると続編のヒロインが召喚されちゃう可能性があり、むっちゃややこしい事態になるからノータッチだ。

「ソフィア、『蛭子』とはなんですの？」

「実験の第二段階まではクリアしたものの、最終段階の試験をパスできなかった実験個体を指す隠語です。戦闘技術はヒドラ並ですが、精神面で破綻をきたしており、作戦行動に耐えないような者が多いです。せいぜい、片道切符の破壊工作で使い捨てられるのが関の山の人材です」

シエルの問いに、ソフィアは苦虫を噛み潰したような顔で言った。

「人に対してこんな表現は失礼ですけど、つまりは、『狂犬』という認識でよろしくて？」

「はい。シエルお嬢様に拾われなかった私を想像して頂ければ——。それで、壊れた人間を連れてきてどうするんです。救い出したとして、どう扱うんですか。並の看護師程度じゃ面倒見ることなんかできませんよ。秒で首を折られて死体になります」

「もちろん、治すんだよ」

「正気ですか？　あなたは、『エラー』を修正できると？　あの女が十年近く研究してもできていないのに？」

「母とは違うアプローチがあるんだよ。重症者は無理だけど、理論上は、軽症者の『プラナリア』なら二桁。そこそこ浸食されてる『蛭子』クラスの人でも、三人はいけるはず」

ママンは科学方面の解決策しか模索できないけど、俺は非学的なアレを使えるからね。

「……冗談で言ってるなら、殺しますよ」

ソフィアが俺に野獣の眼光を向けてくる。

こわいよー。

「本気だよ。確かに、実際に被験体を確保して、成功させた訳じゃないから、保証はできない。でも、俺には自信がある」

「……仮にあなたを信じるとしましょう。私に何を求めているんです」

「俺がソフィアさんに望むのはたった一つだけ。誰を救うか、君に選んで欲しい。俺には、選べない。俺は、本来、平等に被験者全員を救わなきゃいけない立場だから。でも、俺にはまだ、全員を救う力はないから、君に選んで欲しい」

「責任を私に丸投げしようというのですか」

「そうとってくれて構わない。先ほどは、理論上は三人までいけるって言ったけど、確実を期すなら、一人だけの方が安心かもしれない。そこら辺の事情も考えて、一人以上、三人以下で選んでくれると嬉《うれ》しい」

俺は睨《にら》みつけてくるソフィアを真っ向から見返した。

「……被験体番号0981。個体の識別名は『サードニクス《紅縞瑪瑙》』。名字はわかりません。私は単にアイと呼んでました。――もしも、もし、あなたが彼女を助けてくれたなら、私は終生あなたに感謝するでしょう。お嬢様の次に、あなたを尊敬します」

ソフィアは真顔で厨《ちゅう》二《に》ワードを連発する。ちなみに、コードネームの宝石はモース硬度が高いほど強キャラだぞ！　瑪瑙《めのう》はモース硬度６・５～７くらいだから、アイちゃんはまあまあ強いってことだ。

（想定通りの名を出してきたな。よかった）

アイちゃんは、ソフィアルートのトラウマスイッチである。

研究施設で仲良くなったマブダチで心の友だけど、ソフィアだけがシエルに選ばれて助かって、その子は置いていかれた。

ファンディスクのソフィアのルートでは、『現場に踏み込んだけど、もう手遅れで助からなくて、昔の心の友とキルしあって悲劇！』な感じになるんだが、今ならまだ間に合うはず。本編の高校生編の段階でも、手遅れとはいえ、アイちゃんは一瞬、正気に戻るくらいの精神力はあったからね。

「わかった。早速、母にかけあってみるよ。でも、もし……」

「──わかっています。たとえ手遅れだったとしても、あなたを恨んだりはしませんよ」

ソフィアは俺の言葉を途中で遮って、期待と不安がないまぜになった複雑な表情で呟《つぶや》く。

「──ふう。ひとまず、ソフィアにとっては悪くない提案ということでよろしいのですわよね。それにしても、想像以上にスケールの大きなお話で驚きましたわ。ワタクシはてっきり、ミカとミシオのどちらを選べばいいか──なんて、相談をされるものとばかり思ってましたから」

シエルは大きく息を吐き出してそう呟くと、冷めた紅茶を口に含んだ。

「あの二人は大切な幼馴染《おさななじみ》だけど、そういうのではないから」

俺は定番の主人公セリフを吐きながら苦笑した。

まあ、本編ではぷひ子とみかちゃんの三角関係に悩んでいる主人公を、シエルちゃんが一喝してくれるシーンがあったりするんだけどね。

俺はぷひ子関連のフラグは絶対殺すマンなのでそんな展開にはさせない。

ともかく、ソフィアちゃんのマブダチ救出大作戦を決行することになった俺は、家に帰り、早速ママンに電話をかける。

「……一体、どこからその情報を？　あなたの父親でもそこまでは知らないはずですが」

アイちゃんの件を告げたママンが、電話越しでもわかる動揺を見せる。

「そんなに驚かないでよ。俺が手を出そうとしている世界を考えたら、それくらいの情報収集能力は必要でしょ」

「あれは機密です。そう簡単に外に出せると思いますか？」

「またまたー。ヒドラは無理だけど、蛭子クラスならいけるでしょ。今でも、現に紛争地域に高値で売りつけて研究資金にしてるんだから、売れないことはないでしょ」

「国外の第三世界に送りこむのと、国内で活動をさせるのとではレベルが違う話です。何かトラブルが起きた時のリスクの桁が違う。護衛が欲しいのなら、今まで通り、私のエージェントサービスを使いなさい。それで十分でしょう」

「エージェントは身辺警護くらいならしてくれるかもしれないけど、俺のために手を汚してくれる訳じゃないよね。それに、田舎で大人数の警護なんてつけたら、あまりにも目立ちすぎるよ。俺が欲しいのは、少数精鋭の私兵だよ。将来的に、賽蛾《さいが》組との衝突は避けられそうもないし、今の内から準備しておかなきゃ」

なお、賽蛾組とは、みかちゃんにエロいことしようとしたり、神社を買収して廃棄物処理場を造ろうとしたりする、土着の反社の皆さんの総称である。

「あなたにアレを扱えるのですか。自転車にも乗れないのに、いきなり大型トラックを運転すると言っているようなものなのですよ」

「できるよ。っていうか、それくらいできないようなら、俺はこれからやっていけないと思わない？　お金だけじゃなく、権力の世界に手を出そうとしてるんだから」

「……あなたは一体、なにを目指しているのですか。日本を支配でもするつもりですか」

「そんな大それたこと考えてないって。俺はただ、大切な女の子を守りたいだけだよ。そこは変わってない。手段と目的が逆転するようなことはないよ」

「私のように……と、言いたいのですか？」

「俺はそんな皮肉屋じゃないって。それに、今も母さんはこうして俺に便宜を図ってくれてるじゃん」

ママンの罪悪感を刺激したのはわざとだけどね。

「そんなことはしてませんよ。私は、ビジネスの話をしているだけですから」

もう。ママンってばツンデレなんだから。

「うん。じゃあそういうことにしておこう。それで、結局、俺にアイちゃんを売ってくれるの？　くれないの？　っていうか、アイちゃん、まだ生きてる？」

「『サードニクス』はまだ生存しています。ですが、第三世界に売るのと同じ値段という訳にはいきませんよ。あちらには、『貸し出している』だけですし、先ほども言ったように、国内運用のリスクもありますから」

ママンがキーボードを叩《たた》く音が聞こえる。

データベースにでもアクセスしているのだろう。

「母さんの言い値で構わないよ。でも、もし、問題なく運用できたら、二人目以降は多少お値引き価格で譲ってくれるかな？」

「こちらにフィードバックのレポートを上げるなら検討します」

「いいよ。俺にも明かせない秘密はあるけど」

そんなこんなで話はまとまり、俺はアイちゃんを譲ってもらえることになった。

やったね！

それから数日。

まだ空に朝焼けが残る早朝、俺は一人、村の外れにある神社へとやってきた。

俺がコンクリ詰めにした方じゃなくて、公式な方のちゃんとした神社である。

全国でも珍しい、黒い鳥居の端をくぐり、石段を一段とばしで駆けあがる。

シャッ、シャッ、シャッと、境内を掃き清める心地よい音が、小鳥の鳴き声に交じって聞こえてきた。

「祐樹《ゆうき》様。おはようございますー」

竹ぼうきを握りしめた巫女《みこ》が、掃除をする手を止めて、深々と頭を下げた。

名前は、桜空環《おうそらたまき》と言う。

環は、巫女服を着た、中学生くらいの美少女だ。容姿ももちろん整っているが、みかちゃんを狐顔《きつねがお》とすると、こっちのたまちゃんはたぬき顔というか、垂れ目でどこかおっとりとしていて、儚《はかな》げな雰囲気がある。ついでに、設定上、シエルの次に乳がでかい。シエルは今はまだ小学生で成長途中なので、現状は彼女が最強ということになる。

そのまさしくぬばたまの黒髪と表現するにふさわしいロングヘアが、朝陽《あさひ》を受けてきらめく。みかちゃんも髪を伸ばしているが、彼女の髪は地面スレスレまである。なお、この御髪《おぐし》はかつらにしたら高い値で売れるということが、本編で証明されております。

「うん。おはよう」

俺は軽く挨拶をしてから、そのまま本殿へと向かい、札束のお賽銭《さいせん》をぶち込んで、参拝を済ませた。

こうして俺が支援してあげないと、彼女はおまんまの食い上げになっちゃうからね。

「いつもいつも、たくさんの初穂料をお納め頂き、ありがとうございますー」

たまちゃんは感謝七割、申し訳なさ三割くらいのトーンで礼を言った。

「こういうのは気持ちだから。それで、環さん。朝の忙しいところ悪いんだけど……ちょっと、話、いいかな？」

俺は、ぷひ子が俺を起こしにくる幼馴染イベント前にベッドへと戻らねばならぬ。

全く主人公は不自由な身分だ。

「はい。もちろん。どうぞ社務所へー」

たまちゃんは快く頷《うなず》いて、社務所へとのったりゆったり歩き出した。本人は急いでいるつもりだろうが、クソ遅い。彼女はまったり系のキャラなのでしょうがないね。ゆっくりしていってね。

「──そういう訳で、近日中に、一人の女の子が来るから、『病気平癒』の祈祷《きとう》をお願いしたいんだ。『裏巫女の呪い』に関わる案件で、かなり厄介なんだけど、お願いできるかな」

俺はアイちゃんの件を説明し、たまちゃんの顔を窺《うかが》う。

祈祷といっても、当然、気休めのインチキではなく、霊障系に特効のあるやつだ。

「わかりましたー。お引き受け致しましょう」

たまちゃんはのほほんとした笑みを浮かべながら頷いた。

「本当にいいの？　万全は期すつもりだけど、かなり危険はあるよ」

俺は再度そう確認する。

「困っている方を見捨てないのが、この神社のモットーですので。それに、祐樹様にはー、一生かかっても返し切れない御恩がありますから」

「それとこれとは話が別だから、無理することはないんだよ」

とは言いつつ、断らせるつもりはなかった。

彼女を助けるために、かなりの投資をしている。

具体的には、宝くじの一等賞以上の額を払って、大病した父親に臓器の移植手術を施してやり、破綻寸前の神社を買収して、何の見返りも求めないどころか、修繕費用まで出してやって、今はこうやって生活費も工面してやってるんだからな。しかも、ご神体の勾玉《まがたま》も取り戻してやったし。ここまでやれば感謝しない方がおかしいというものだ。

なお、本編ではグッドエンドであっても、父親は死んでいるので、ある意味、彼女には本編以上の幸せを提供してやれたともいえる。なお、男は主人公以外にも星の数ほどいるが、父親は一人だけだからね。なお、たまちゃんのママンは彼女が生まれた時に亡《な》くなってるのででいません。

「いえ、本当に大丈夫ですよー。裏巫女様に関わることは、神社にとっても最優先事項ですしー。本来、私たちが対処すべきことを、祐樹様にお任せしてしまってる訳でー、重ね重ね申し訳ありませんー」

「いいんだよ。俺は幼馴染を助けたいだけだから。好きでやってることさ」

「それでも感謝しなければなりませんー。畏れ多くも、祐樹様に教えて頂くまで、私たちは本来のお役目について、何も知らずに生きていたのですからー」

「ぬばたまの君の秘密は口伝だからね。継承するのは難しいよね」

巫女は本来、表巫女と裏巫女でセットなのだ。表巫女の神社――たまちゃんの一族は、無償で善行を施し、地域住民の帰依《きえ》を集めて、その信仰の力でもって、ぬばたまの君の魂を鎮撫《ちんぶ》する。

一方、裏巫女の神社——俺がコンクリ漬けにした方は、ぬばたまの君の呪いの力を利用して、血生臭い仕事を請け負って稼ぐ。まあ、俺のママンのような人間は太古からいたってことだ。

そういう両輪で回すシステムだったのだが、裏巫女の部分だけ抜け落ちたら、そりゃたまちゃんも困窮しますよね。

起源的には、本来は軍事力に関わる裏巫女の神社の方が重要で、表巫女の神社はぬばたまの君にまつわる陰惨な真実をカモフラージュする意味合いが強かったのだが、長い歴史の途中で、いつの間にか立場が逆転してしまった。そして、応仁《おうにん》の乱や、戦国時代、世界大戦など、いくつかの戦のせいで伝承者が殺され、裏巫女の存在を語り継ぐ者がいなくなって、徐々にその存在を忘れ去られていったという訳である。

もちろん、言うまでもなく、ロリババアやぷひ子は裏巫女の血筋です。しかも、ロリババアの時代の辺りで、本来タブーである、表巫女と裏巫女の血族の混交とかいう大罪もやらかしている。んで、ともかくまあ、色んな業を煮詰めて、抽出して、圧縮した呪いの終着点がぷひ子な訳で、だからあいつはヤバイんですわ。

「お恥ずかしい限りですー。私に子ができたらー、再びきちんと真実を伝承していきますー」

「へえー、環《たまき》さん、そういう相手はいるの？」

表巫女は、別に処女性が要求される訳じゃないので、たまちゃんが誰とくっつこうが基本的には自由だ。だが、変な男とくっつかれて厄介ごとが増えるのは困る。

「い、いませんよー。で、でも、父は、その、『祐樹様と巡り会えたのもぬばたま様のご縁だから、仲良くしなさい』と」

たまちゃんがそう言って頬を赤らめる。そりゃまあ、ここまで助けてやれば、俺とのフラグも立つよね。まあ、手を出すつもりはないけどね。俺とたまちゃんは恋愛関係というより、主従関係に近いものになっているし。

執事モノでもない限り、純愛ゲーは基本的に、二人の関係性が対等でないと成立しない。今、すでにたまちゃんが小二のガキの俺を『様』付けで呼んでる時点で、恋愛関係に至るには壁がある。本編では、仲良くなっても、『祐樹さん』だったからね。

「ふーん、環さんと俺がかー。俺、まだガキだから、そういうの、全然想像できないや」

俺は適当に、ピュア少年の鈍感ムーブでかわしておく。

「わ、私もわかりませんー」

たまちゃんが消え入りそうな声で呟《つぶや》き、俯《うつむ》く。

だろ）

（まあ、万が一間違いが起きても、すでに彼女のトラウマフラグは潰し切ったから大丈夫

ちなみに、本編では、賽蛾《さいが》組に神社が買収されて潰され、父親の手術費用を工面しようと、今まで解呪や除霊云々《うんぬん》で助けてやった村人の下へ支援を求めに訪ねるもすげなく断られ、結局助けることができず、彼女は全てを失って天涯孤独の身となる。それから、『私はこんな奴《やつ》らのために頑張ってたのか』と絶望したところを、ぬばたまの君につけこまれて闇墜《やみお》ちして、賽蛾組と村人への復讐《ふくしゅう》のために危険な『裏巫女』の儀式に手を出す。表と裏の巫女を兼ねる――つまり、ぬばたまの君に憑依《ひょうい》されて現人神《あらひとがみ》そのものとなった彼女は、荒ぶる御霊《みたま》となって、村を破滅に追い込む。まあ、ストーリー上のたまちゃんを攻略するキツさはぷひ子ルートをかなりイージーモードにしたといった感じだな。

最終的に主人公が失うのは、片目と片腕と片脚と――つまり、半身だから、くもソラのハッピーエンドの代償としてはヌルい方だ。

「ごめん。話の腰を折っちゃったね。ともかく、アイちゃんのこと、助けてあげてよ。キツければ、勾玉を使ってもらってもいいから」

「いえ、ご神体に頼らずとも、今まで鎮魂の儀式を怠っていた分、逆に邪気退散の力は蓄えられておりますので、お一人ならば大丈夫だと思いますー。しかし、これから先、何人

も治すとなると、恥ずかしながら、現在の参拝客の程度では——」

たまちゃんはそこで言いにくそうに口ごもった。言うまでもなく、寂れた田舎の神社を訪れる人は、現状、かなり少ない。

「うん。わかってる。この神社にもっと信仰を集めないといけないんだよね。参拝客を増やす計画も、考えておくよ」

俺はたまちゃんを安心させるように言った。

「祐樹様がそうおっしゃるなら、私の方は何も心配ありませんー。詳しい日時が決まりましたら、お知らせくださいー。しっかり身を清めておきますのでー」

「うん。それじゃあ」

「あの、よろしければ、朝食を——」

「ありがとう。でも、もう幼馴染《おさななじみ》のお母さんが作ってくれてると思うから、これだけ貰《もら》っておくね」

俺はたまちゃんがお茶請けに出してくれた、ぬばたま団子（あんこの串団子）を頬張ると、ぷひ子家の納豆飯を食いに向かった。

そして、アイちゃん治療の当日。

神殿の奥、四方の木戸が閉ざされ、かがり火だけが室内を照らす、『いかにも』な空間に俺たちは集合していた。

「それでは、皆様、準備はよろしいですか？」

たまちゃんが穏やかながらも、真剣さを感じさせる声で俺たちの顔を見渡す。

水垢離《みずごり》を終えたばかりの彼女の肌に、肌襦袢《はだじゅばん》がぴっちりと張り付いて、肉感的なフォルムを現出させている。

エッッッッッッロ！　――とは思わない。

くもソラが全年齢対象のゲームだからか、それとも身体《からだ》が小二だからか、今の俺には性欲というものはほとんどなかった。

「よろしくお願いします。儀式に関しては何も役に立てませんが、いざという時は、私がこの手で――」

ソフィアが決然とした表情で、祭壇の上に全裸で寝かされたアイちゃんを見遣《みや》る。

「すぅ……。すぅ……」

ふわふわしたピンク色の髪を持つアイちゃんは、耳にコードネームと同じ、紅縞瑪瑙《べにしまめのう》のイヤリングをつけていた。まつ毛にはエクステ、手には一見、普通のオシャレアイテムだが、実は特殊合金のツケ爪をしている。

アイちゃんは、一言でいえば、原宿で虹色のわたあめでも食ってそうな、今風の若者な外見だ。田舎にはそぐわない。

そんな彼女も、眠くなるお薬をガンガン打たれまくった結果、今は静かな寝息を立てている。一応、四肢をがっつり縄で拘束しているが、改造人間である彼女のような相手には気休めのようなものだ。

なお、言うまでもなく、ソフィアの役割は、アイちゃんが暴走した時の保険である。俺が強制するまでもなく、彼女自身が立ち会いを申し出た。

また、シエルも来たがっていたが、ソフィアが『お嬢様を危険に晒《さら》す訳にはいかないので』と説得し、例の洋館でお留守番となった。

「始めよう。いつまで彼女が大人しく眠っていてくれるかわからない」

「はい。これより、儀式を始めさせて頂きますー。儀式中は、くれぐれも言葉を発せられませぬようお願い致しますー」

「「……」」

俺とソフィアは無言で頷《うなず》いた。

「かけまくもかしこきぬばたまのおおみずちのきみにかしこみかしこみ申す。あめつちうまれしより先にくろぐろのやみ仕《つかまつ》りて、あまてらすおおみことてらすおんときにあかつきのとみにまばゆきに、あまつはら、よもつひら、うつしよのやけたまえるにただとこしえのやみ奉《たてまつ》りて、よろずまもり給《たま》いし御徳のことわすれぬ巫女《みこ》のここにあるや。願わくは、そのむへんなるじひをたまひて、よの穢《けが》れひとの穢れ賜りたるむすめを払い給え。分かち給え。包み給え」

たまちゃんが、ヒオウギの葉っぱで作った大幣《おおぬさ》（神官が振る棒）を振り回しながら、祝詞《のりと》をそらんじつつ、優雅な仕草で神楽《かぐら》を舞う。ちなみに、ヒオウギの実がぬばたまであるが、特に覚える必要はない。

「く、う、うゥゥゥん！」

アイちゃんが苦しげにうめく。

かがり火が消える。

いや、炎はその存在を保ったまま、闇に溶け、均質化されていく。闇は全てを包み込む。栄光も、罪も、愛も、憎しみも、分け隔てなく包み込み、全てを薄める力を持つ。真の闇ではなく、さりとて昼でもなく、モノクロ写真の中に入り込んだような灰色の空間に、俺たちはいた。

「あ、あああ！　やめて、溶ける！　溶けちゃう！　アタシが、アタシの特別があああああ！」

アイちゃんが意味をなさない繰り言を紡《つむ》ぐ。

それは、例えるなら、ぬるま湯に浸《つ》かっているような、どこか後ろ暗い安心感。

まあ、これ、回復魔法とはいっても、属性で言ったら闇、ジャンルとしては黒魔法の方なので、女児アニメみたいに綺麗《きれい》にすっきりとピカピカヒーリングッバイで根治はされない。あくまで呪いを薄める緩和療法だ。くもソラは伝奇ものだからね。単純にはいかないさ。

「鎮《しず》め給え。赦《ゆる》さずも、わすれ給え。世のことごとは、ままならぬまま、ままならぬ。蛭《ひる》子《こ》のなみまにただようがごとく、おとめのおろちに捧《ささ》ぐるがごとく」

「わするるものか、腐れ月、宙の鯨のまなこに蛆《うじ》、くちおしや、うらめしや、ニライカナイ、ほむらぬすびとどもの末裔《まつえい》に災いあ。ああああああああ！　あああああああ！　ああ……」

アイちゃんが目をギョロギョロさせ、ぬばたまの君の記憶の断片を絶叫と共に吐き出す。

瞬間、世界に色が戻り、秋の虫たちの涼しげな鳴き声が聞こえてきた。

「はあ……。はあ……。終わり、ましたー」

「お疲れ様。すぐに奥で休んで。臨時の巫女さんの手配とかは済んでるから、神社の仕事の方は心配しないで」

地面にくずおれそうになるたまちゃんを、俺はすかさず支える。

「よろしくお願い、しますー」

たまちゃんは安堵《あんど》したように目を閉じた。

「アイ！　私！　ソフィアです！　覚えてますか！」

ソフィアちゃんがアイちゃんに駆け寄り、肩を揺さぶる。

「……ん、んんっ、はっ、チュウ子ぉ？」

チュウ子というのは、アイちゃんがソフィアちゃんにつけたあだ名である。ソフィアちゃんが銀髪であることに由来しているのだ。

「そうです！　チュウ子です！　遅くなりましたが、助けに来ましたよ！」

クールキャラのソフィアが、ボロボロ涙を流す。

原作では手遅れだったけど、こっちは大丈夫そうで良かったね。

「相変わらずチュウ子は泣き虫ねぇ。もう涙を流す必要なんてないでしょぉ――」

アイちゃんは、ふわりと微笑《ほほえ》む。

「アイ！」

顔に喜色を浮かべるソフィア。

「だって、死んだら涙も出てこないものねぇ！」

刹那、アイちゃんはツケ爪を一閃《いっせん》。縄を切り捨て、自らの縛《いまし》めを解くと、そのままソフィアへと襲いかかった。

「あぁ！　もぅ！　最悪ぅ！　アタシの斬撃《ざんげき》、遅すぎィ⁉」

「ちょっ、ユウキ！　これ、どういうことですか⁉　治ったんじゃなかったんですか⁉」

ソフィアが反射的に抜刀して、アイちゃんに応戦しつつ叫んだ。

「治ってると思うよ。言いにくいんだけど、つまり、それが『本当の』アイちゃんだったってことじゃないかな」

俺の身体もほとんどうずかない。蛭子以上の敵に遭遇すると、俺の中に仕込まれたヤベー遺伝子が反応するはずだが、その感覚がないのだ。少なくとも、デチューンには成功している。

「ほんと余計なことしてくれたわねぇ！　力が落ちてるぅ！　これじゃあ、ミジンコ級に毛が生えた程度じゃない！　アタシがどんだけ苦労して、蛭子になったと思ってるのぉ！あと少しでヒドラだったのよぉ⁉」

ミジンコ級とは、先のママンとの電話で、プラナリアと言っていたアレである。仮面〇イダーで言うところの、ショッ〇ーみたいな立ち位置だ。

プラナリアとミジンコは別の生き物だが、スキュラではプラナリアクラスの戦士を蔑称としてミジンコと呼ぶ。それでも、もちろん、ヤのつく自由業の方々なら束でかかってきても瞬殺できるくらいの力はあるけどね。

まあ、この知識は、くもソラにはほぼ出てこない。続編の方の範疇《はんちゅう》だ。

「落ち着いてください！　もう、ヒドラを目指す必要なんてないんですよ！　無理しなくても、あんな狂った実験に付き合わなくてもいいんです！」

「はー？　チュウ子、何言ってんの？　アタシは好きでやってたんですけど？　世界のどこに、スキュラみたいに生身の人間と殺し合えて、強くなれる施設があるっていうのぉ？　あんた馬鹿ぁ？」

ソフィアの哀切な訴えに、アイちゃんが小首を傾《かし》げた。

（あー、やっぱりこっち方面のヒトだったか）

ファンディスクでは、視点人物がソフィアの場合、バーサーカー状態のアイちゃんに対して、性善説的な解釈をしていた。一方、主人公は「悪だか善だかわからないけど、母親の実験の犠牲者でかわいそう」みたいなスタンスを取っていた。結論として、作中でアイちゃんがナチュラルボーンでサイコ方面なお人なのか、実験の結果ヤベー奴《やつ》になっちゃったのかはボカされていたのだが、俺は絶対前者だと思っていた。だって、別作品から察せられるライターの性格を考えたら絶対そっちだもん。

ちなみに、アイちゃんは『俺より強い奴に会いに行く！』タイプのキャラなので、クソ

雑魚《ざこ》ナメクジの俺が襲われる心配はない。

「そ、そんな。アイ、あなたはそんな残酷な人間じゃないでしょう！　だって、施設に入りたての頃、髪の色が目立つせいで標的にされていた私を助けてくれたじゃないですか！」

「それはチュウ子がちょうどいい練習相手に育つと思ったからよぉ！　あんなところで殺しちゃあ、もったいないじゃないのぉ！　雑魚相手じゃ練習にならないし、金剛《ダイヤ》なんかとやったら、こっちの身が持たないでしょぉ！」

アイちゃんが、『何を当たり前のこと言ってんだこいつ』みたいな怪訝《けげん》な表情で言う。

ちなみに金剛こと、ダイヤちゃんは続編のヒロインの天才児だゾ！

「では、お嬢様が来た時、私が目に留まるように画策したのは……」

「だから、やる気のない奴に中途半端《ちゅうとはんぱ》に居残られたら迷惑だって、ちゃんと言ったでしょぉ？」

「それは、私のことを気遣って、罪悪感を抱かせないためにああ言ったんじゃ？」

「はぁ⁉　何言ってるのぉ？　アタシがヒドラの治験者の枠に入るために決まってるじゃない！　あんたは才能はあるのに、向上心ってものがないからぁ、あれ以上は上に行けないって思ったのよぉ。だから、外に出したんじゃないのぉ。アタシはライバルが減って、ヘタレのあんたは死なずに外に出られて、お互いにウィン・ウィンだったのに、なんでこんな嫌がらせをする訳ぇ⁉　これが親友に対する仕打ちぃ？　恩を仇《あだ》で返すのぉ⁉」

アイちゃんの中にも、屈折しているが、一応、友情という概念は存在するらしい。

まあ、『強敵と書いて友と読む』みたいなタイプの友情っぽいけど。

「そんな、私は、私はただ、アイを助けたかっただけで……」

「何様のつもりぃ⁉　アタシに一回も勝てない雑魚のくせにぃ！　余計なお世話よぉ！」

二人の戦いが激しさを増す。放っておいて怪我《けが》でもされたら面倒だな。

「まあまあ、二人共その辺にしない？　できれば、俺たち三人にとって、メリットのある提案をしたいと思うんだけど」

俺は頃合いを見計らってそう口を挟んだ。

「──あんた誰ぇ？」

アイちゃんはそこで、初めて俺の存在に気が付いたとでもいうように、胡乱《うろん》な視線を向けてきた。

「俺は成瀬祐樹《なるせゆうき》。『プロフェッサー』の息子で、君たちと同じ因子を持つ者──って感じかな」

「ふーん。──そう言われてみると、かすかに力の『匂い』がするわねぇ。でも、男でスキュラの構成員なんて聞いたことが……。あ、もしかして、あんたが噂《うわさ》の『ミケ』かしらぁ？」

アイちゃんは、俺に近づくと、犬のようにスンスンと鼻を鳴らして言った。

「知らないけど、それは多分、別人だよ。俺は、病気の治療のためにちょっと因子を埋め込まれただけのほぼ一般人さ。ソフィアや君みたいな強者ではないよ」

正確には強者になれる可能性はあるけど、俺はなるつもりがないからね。

「そうよねぇ。『ミケ』がこんなに弱そうなやつだったら、興ざめだわぁ」

アイちゃんは納得したように頷《うなず》いてそう言うと、俺からスッと離れていった。

ちなみに、『ミケ』は続編ヨドうみの主人公くんのことである。俺やアイちゃんたちのようなママンに人工で作られたまがい物ではなく、『天然』で呪いの力を使えるスーパーマンだ。

なお、ミケのあだ名は、三毛猫のオスがめっちゃレアであることに由来する。ラノベでいえば、インフィニッ〇・ストラト〇、ゲームでいえばサ〇ラ大戦みたいなもんだね。

「君の言う通り、俺は実戦では君を満足させられないけど、それでも、スキュラ以上の環境は用意できるよ。君の願いは、とにかく強くなることだろう？　今よりもっと。誰よりもずっと」

「ふーん、要はあんたが、今よりアタシを強くしてくれるって訳ぇ？　今まさに弱くされたところなんですけどぉ？」

「何事もやりすぎはよくないよ。筋トレと同じで、休息もトレーニングの内さ。でも、今回の件で、俺には母とは違うタイプの力があることはわかってもらえたよね？　母は科学的なアプローチしかできなかったけど、俺は呪術学的な方法も使える。君は今回の儀式に不満みたいだけど、このままいったら、その内自我が保てなくなることくらい、察しがついてるだろ？　いくら強くなっても、強くなったことを実感できないほど心が壊れたら、意味がなくない？」

「そうねぇ……。それでも弱い負け犬のまま死ぬよりは、強い狂犬の方がいいけれどぉ――」

「でも、どうせなら、狂犬より、闘犬のチャンピオンの方がいいよね」

俺はアイちゃんの先を継ぐように言った。

「へぇ……。少しは話せるみたいじゃない。それで、どうアタシをしつけてくれるのかしらぁ」

アイちゃんは舌なめずりする煽情的《せんじょうてき》な仕草をして、俺をねめつける。

「とりあえず与えられるのは、新しい兵装とトレーニング。敵は、とりあえずは地元のヤクザくらいかな」

「ヤクザねえ……。ショボいけど、味気ないロボットを相手にするよりはマシかしら」

「でしょ？ ついでに言うと、俺が上に行くほど、君も強い敵と戦えるはずだよ。有力な政治家に、ヒドラの護衛がついているのは君も知ってるだろ？ 俺が上に上って相応の権力を手にしていくと、自然とそういう相手と利害関係がぶつかることになるからね。俺は、今はまだ弱いけどさ。これでも、向上心はあるつもりだ」

「それはそれは。夢物語のような話ねぇ」

「そうだよ。でも、君もヒドラでもないし、ダイヤのような天才でもないんだろう。俺ぐらいのパートナーが組むにはちょうどいいと思わないか？」

「言ってくれるじゃないぃ。気に入ったわぁー。あんたが私を楽しませてくれる間は、従ってあげてもいいわよぉ。マスターぁ？」

アイちゃんは全く敬意の籠っていないトーンで、俺をそう呼んだ。

「それで、次はソフィア」

「なんだ……？ 私はお前個人の揉《も》め事に巻き込まれるつもりはないぞ」

ソフィアが警戒感をにじませた声で言う。

「そんなことを頼むつもりはないよ。ぶっちゃけた話、シエルの護衛、足りなくない？」

「……」

「今、シエルは危ない状況にあるんだろ？　詳しい事情まではわからないけどさ。世界的な財閥のお嬢様が、こんな田舎まで疎開してくるんだから、それくらいは察しがつくよ。その辺のごろつきなら、ソフィアだけでも勝てるかもしれないけどさ。このまま状況が悪化したら、スキュラ経由で、能力者の傭兵《ようへい》がシエルを襲ってくる可能性もあるよね」

可能性っていうか、シエルルートでは実際襲ってくるし。本編ではそいつらに覚醒した主人公とソフィアちゃんで対処するけど、俺は覚醒するつもりが全くないので、もし来たら負ける。

「それは、そうだが……」

「でしょ。で、もしそうなったら、ソフィア一人で守り切れる保証はある？」

「私は命に代えてもお嬢様をお守りする覚悟だ」

「覚悟はわかるけど、どうせなら、死なない方がいいし、そのためには、戦力を増強する必要があるよね。違う？」

「違わないが……。一体、私に何をしろというんだ？」

「もちろん、兵隊の訓練だよ。スキュラから斡旋《あっせん》してもらった子はもちろん、能力のない一般人も含めて、ソフィアなら指導できるでしょ？」

「アイを雇ったんじゃないのか？　私はいらないだろう」

「アイ、やってくれる？」

「アタシは猟犬《ハウンド》よぉ？　番犬《ウォッチャー》じゃないわぁ。大体、できたとしても、ぺーぺーの弱い奴に教えるなんて、そんなめんどくさいこと、する訳ないでしょぉー。アタシの練習になるくらいの戦闘力の持ち主なら、相手をしてあげてもいいけどぉー？」

俺が水を向けると、アイは気怠《けだる》そうに欠伸《あくび》をして言った。

「だって」

俺はソフィアに向き直る。

「……はあ。確かに、アイは護衛向きではないな。――結論から言えば、私に護衛は作れても、軍隊は作れない。戦闘技術は教えられても、戦略を立てる能力はない。それでもいいのか？」

「うーん、それじゃあ困るかな。もちろん、戦闘技術を教える人も必要だけど、ある程度自分の頭で作戦を立てられる軍隊が必要だ」

「だとすると、私では不足だ。そもそも、兵隊を作るには金も軍事教練のノウハウも、何もかも足りない」

「お金の方は俺がなんとかするよ。だから、そっちにはノウハウを提供して欲しい。俺も諸々《もろもろ》で色々恨みを買い始めてるから、そろそろ守りは固めないとね」

「それなら、わざわざ一から軍隊なんて作らなくても、お前の母親を頼ればいいだろう」

「しばらくは母さん経由の護衛を使うつもりだけど、いつまでも母さんの紐《ひも》付きじゃ、俺は自由に動けないでしょ。——それで、兵隊を作れるような指導的な人材に心当たりはあるの？」

まあ、あるって知ってて聞くんだけど。

「……一人、心当たりがないこともない。本家のメイド長を務めていらっしゃるお方だ。私にメイドの心得と、単なる人殺しではない護衛の技を教えてくださった。あの方なら、軍隊も作れるだろう。人柄としても信頼できる」

ソフィアが敬意を滲《にじ》ませて言う。

でも、俺は全く信頼できない。そいつ、最終的にシエルルートのラスボスだし。それでも、毒を喰《く》らうくらいの覚悟がないと、力は手に入らないからなー。

まあ、ママンに頼れば軍事顧問くらいは派遣してくれそうだけど、あんまり一つの勢力に依存しすぎるのも問題だもんね。癒着が度を過ぎると、最悪、続編の主人公くんがママンと敵対ルートに進んだ場合に、巻き添えでキルキルされちゃう可能性がある。ぷるぷる……。ぼくはわるいなりきんじゃないよ。

「じゃあ、シエルの許可がとれたら、その人に連絡してもらってもいい？」

「それは構わないが、本家がゴタゴタしている時に、あのお方がこちらに来てくれる可能性は低いと思うぞ」

「まあ、言ってみるくらいはいいじゃん。その人本人は無理でも、代替要員を派遣してくれるかもしれないし」

などと言いつつ、俺は来てくれると確信していた。

本編のシエルルートにおいて、鬼畜外道のシエルのお兄様は、そのメイド長をスパイとしてシエルの下に送りこみ、俺を通じて、ママンの研究を盗めないか画策するからね。まあ、本編と違って、シエルと俺が恋仲になってないから、工作対象としての重要度が下がっていると判断される可能性はあるが、少なくとも、何かしらの人員は送ってくれるはずだ。

「ふむ。まあ、話はわかった。ともかく、お嬢様に話を通せ。全てはそれからだ」

ソフィアは硬い口調で言う。

「わかった。じゃあ、そうしよう」

即断即決で俺たちは、例の洋館へと向かう。

「……意図は理解しましたわ。危険に備えておくことも悪いとは思いませんし、お兄さまに協力をお願いするのもやぶさかではありません」

客間で事情を聞き終えたシエルは、冷静にそう言った。

「よかったよ。じゃあ、早速、先方と連絡を取ってもらう形で」

俺は安堵《あんど》と共に微笑《ほほえ》んだ。

これで、俺は兵隊が手に入る。アイちゃんは戦闘本能を満たせる。シエルちゃんの安全度も向上する。仕事上で付き合いが生まれるから、ソフィアちゃんとアイちゃんの旧交を温めることにもつながる。我ながら、一石四鳥で誰も損しない素晴らしいプランだと思う。

「わかりましたわ。ですが、仮に条件が整ったとして、それをミシオやミカたちに、どう説明するおつもりですの？　彼女たちは、あなたを『普通の』男の子だと思っているんですのよ？　いきなり見知らぬ人間がユウキの周りに増えることに、合理的な説明ができまして？」

「ああ、それね。その辺は考えてあるよ」

「具体的に伺ってもよろしくて？」

「んー、とりあえず、映画を撮ろうと思ってる」

俺はソフィアの淹《い》れた紅茶を口にしつつ、前々から考えていたプランをぽつぽつと口にする。

「……なるほど。カバージョブとして、構成員を芸能事務所所属のタレントとする訳ですわね」

「うん。まあ、児童労働が許される職業って、子役か新聞配達員くらいだからさ。合法的にお給料が払えるようにね。あと、スキュラにいた子は社会常識を身に付ける余裕がなかった人も多いし、色々と目立つだろうけど、『芸能人だから』っていうレッテルがあれば、ある程度誤魔化《ごまか》せるし」

人は理由を欲しがる生き物だ。徘徊《はいかい》する無職は不審者でも、徘徊する芸術家なら産みの苦しみに耐えている勇姿と捉えられる。

「そのために映画も撮る、と。なんとも剛毅《ごうき》な話ですわね。赤字覚悟という訳ですの」

「うん。でも、どうせなら当てにいくつもりだけど」

今回の映画を撮る目的は二つ。

① 構成員たちを俺の周りに置いておく合理的な理由を作る

② 神社をＰＲして、解呪に必要な力を溜《た》める

①は映画が当たろうが、こけようが構わないが、②を達成するには映画が当たって、文字通り聖地巡礼が発生するレベルのヒット作になる必要がある。

「当てにいくって、そんな簡単にいきますの？　いくら宣伝費をかけても、ひどい映画に

客は入りませんわよ」

「大ヒットになるかはわからないけど、大コケはないと思う。なんせ、主演女優がすごいから」

「それほど有名な方ですの？」

「小日向小百合《こひなたさゆり》って知ってる？」

「ああ、存じ上げてますわ！　ワタクシはこちらに来たばかりで、日本の芸能事情には疎《うと》いですけれど、あれだけテレビやＣＭでお見かけすれば嫌でも覚えます」

「うん。彼女の初主演映画っていう触れ込みだけでそこそこ客は入ると思う」

「まあ、それは素晴らしいですわね。でも、昨日たまたま『銀子の部屋』で観《み》ましたけれど、彼女は『いつかは映画やドラマに挑戦したいと思っていますが、今はまだ演技の勉強が不十分なので……』とあまり女優業には乗り気じゃないようでしたが」

「ちょっとコネがあってね。無理を言ってお願いしたんだよ」

　アイドルに演技力なんて求められていない。むしろ、素人《しろうと》っぽい方がよかったりする。まあ、小百合ちゃんはスーパーアイドルなので、演技も普通にできるんですけどね。

「あとは、監督と脚本ですか」

「監督は金を積んで巨匠を捕まえたよ。脚本はシエルもよく知ってる子に頼んでみる予定」

「あら、どなたかしら？」

「わかるだろう？　俺たちの仲間内で、その手の才能があるのは限られてる」

「ミカ──は優等生ですけれど、そういう意味でのクリエイティブなタイプではありませんわね。となると……まさか、イノリですの？」

「ご名答」

「あの子が趣味でブログに上げていた小説を読みましたけれど、とても小学生が書いたとは思えないような素晴らしい出来でしたわ。でも、小説の才能と脚本の才能は別ですのよ」

「かもね。でも、どうせ映画を撮るなら知り合いの才能が開花して欲しくない？」

まあ、リアルで考えると、いくら天才でも小二で映画の脚本は無理じゃないのと思わなくもないけど、どれだけ現実っぽくてもここはゲーム世界らしいから、フィクション的な創作チート小学生がいてもセーフだよね。

「全く、ユウキは、ビジネスライクなのか、身内に優しい人情家なのか、よくわかりませんわ」

シエルはおもしろがるように言う。

多分、体感、好感度が3くらい上がった。

「いや、だから、俺はいつも、身内に優しくするために、ビジネスライクな態度が必要だからそうしてるだけだよ。なんなら、シエルも映画に出てみる？」

「遠慮しておきますわ。今は目立つ訳にはいかない立場ですの」

シエルは少し寂しげに微笑む。

『今は』っていうことは、内心、満更でもないのかもしれない。

そして、シエルと話をつけてから、一週間後。俺は祈《いのり》ちゃんを自宅に招いた。

テーブル越しに彼女と向き合って座り、兵隊の件はボカして、映画を撮ることを伝える。

「それで、私に脚本を？　——祐樹《ゆうき》くんが映画の素養もあることは知ってましたけど、そこまで入れ込むほどだったなんて、ちょっと意外です」

話を聞き終えた祈ちゃんは、目を丸くして言った。

いや、俺に映画の素養はそんなにない。くもソラに出てきた架空の映画か、もしくは、世間で話題になった有名作くらいしか知らない。

「うん。上手《うま》く言えないけど、表現してみたくなってね。映画は、母との数少ない接点だから」

「祐樹くんのお母さん、有名な女優さんだったんですよね。『塵芥転生《じんかいてんせい》』は名作です」

「そうだね。俺も、本物の母より、映画の母の姿の方が目に焼き付いてる」

ママンはスキュラの理事長になる前、結構有名な女優だった。

ちなみに、祈ちゃんの言う『塵芥転生』は時代物で、その映画を撮る時、考証をやってたパパンと知り合って恋に落ちた設定だゾ。ロマンチックぅー。

っていうか、ママンは本当に過去多き女だよ。

「えっと、その、ごめんなさい。無神経なこと言って」

祈ちゃんが申し訳なさそうに下を向く。

「いや、いいんだ。母と真正面から向き合えるような心持ちになったから、映画を撮ろうと思ったんだし。――それで、どうかな。無理にとは言わないけど」

「いえ、私でよければ、やらせてください。書きます。ダメだったら、ボツにしてくださ い」

大丈夫だ。祈ちゃんは将来、芥川賞《あくたがわしょう》と直木賞《なおきしょう》と日本アカデミー賞脚本賞を同時受賞する天才作家だから。きっと、なんとかしてくれるはず。

「えっと、大まかな内容は祐樹くんが決めたんですよね?」

「原案レベルだけどね。自由にアレンジしてもらっても構わない。なんなら、一から別のストーリーにしてくれてもいいよ」

俺は既に未来の時代に流行《はや》るストーリーを知ってるので、それをパク――オマージュした感じの原案を投げてある。

具体的には、ワッツヨアネームで時をジャンプする快感で青春系な感じの話である。

「いえ。大衆娯楽としてのツボを押さえたいい話だと思います。この筋で書いてみますよ」

「ありがとう」

「――それで、あの、映画とは全然関係ない話なんですけど、一つ質問いいですか？」

「なにかな？」

「どうして、みかさんはお女中さんの格好をされているんですか」

祈ちゃんは、それまで黙って俺の横に突っ立ってお茶の給仕《きゅうじ》などをしていた、割烹着《かっぽうぎ》姿のみかちゃんを指差して言う。

「えへへー。祈ちゃん、それはねー。実は、私、ゆうくんの奴隷になっちゃいました！」

みかちゃんが、『髪型変えました』くらいの軽いノリで宣言する。

「みか姉、言い方ぁ！　奴隷はやめてよ。奴隷は」

俺は慌てて突っ込んだ。

「えー？　でも、普通にうちのゆうくんへの借金の額、普通の人が一生働いても、返せる額じゃないよ？　これはもう、私、ゆうくんのとこに永久就職するしかないんじゃないかなー」

「借金って、俺とみか姉の間にはいかなる貸借関係も存在しないでしょ」

「えー、でも、結局、ゆうくんが手を回してくれたんでしょ？」

「俺が好きでやったことだから、気にしなくていいって」

「でも、私の親はそう思ってないみたいだし、私も恩知らずな子にはなりたくないから。私は、ゆうくんに全力でご奉仕します！」

「……と、まあ、こんな感じでね」

俺はそう言うと、困惑気味に頭を掻《か》いて、『本意ではない』アピールをする。

「よくわかりませんが、色々大変そうですね」

「うん。まあ、これも複雑な家庭の事情ってやつでね。――はあ」

気遣わしげな祈ちゃんに、俺は溜息《ためいき》で答える。

俺がシエルに宣言したことを朝令暮改し、『普通の小学生』路線を完全に放棄せざるを得なくなったのは、つい数日前のことであった。

――それは秋雨《あきさめ》がしとしと降る、日曜の真昼のこと。ぷひ子家で昼食を頂いた後、俺は残っていた仕事を片付けていた。

「ふう。ざっとこんなもんかな」

　俺は大きな音を立てるプリンターが吐き出し終わった紙束をまとめて、クリップで留める。

　ここ数日、アイちゃんのために近所の空き屋を手配したり、小百合ちゃんに渡りをつけたり、映画の事業計画を立てたり、色々と忙しかった。

（ちょっと昼寝でもするかなー）

　などと思っていると、ガラガラガラ、と、玄関の引き戸が開く音が聞こえる。

　田舎なので、基本的にインターホンを押すという文化はないのだ。

（この音は、ぷひ子――ではないな。あいつは窓から入ってくる。玄関から来るとしてももっとガサツな音。礼儀をわきまえた祈ちゃんと都会から来た香・渚《なぎさ》ちゃんは律儀《りちぎ》にインターホンを鳴らす、シエルはお嬢様キャラ的に呼びつけることはあっても、彼女の方からこちらに出向くことはないし――となると、みかちゃんか？）

　などと考えながら、玄関口に向かうと、果たして予想通り、みかちゃんがいた。ただ、その姿は俺の予想を大きく裏切るものだった。

「ゆうくん……」

　全身びしょ濡《ぬ》れのみかちゃんが、そこにいた。貞子《さだこ》スタイルで前髪をおろしてるので、表情は窺いしれない。

一瞬、ヤクザ関連のヤバイフラグが立ったかと思ったが、着衣の乱れもないし、そういうことではなさそうだ。まあ、ひそかに護衛にみかちゃんの周囲を見張らせてるからね。そんな鬱フラグはありえないんだけど。万が一を考えちゃうのがギャルゲーマーの宿命だから。

「ど、どうしたの、みか姉。傘もささずに。今、タオル持ってくるね」

俺はコンマ数秒で観察を終えると、脊髄反射で主人公ムーブに移る。

「ゆうくん！」

次の瞬間、俺の背中に小さな衝撃とぬくもりが訪れた。

「私っ、私ね！　知ってたの！　パパとママのお仕事が上手くいってないって。でも、私、まだ子供だから、何もできなくって、それで！　それで！」

みかちゃんにしては珍しく、取り乱した様子でまとまりのない言葉を繰る。

「……」

俺の頭の中にいくつかの選択肢が浮かんだが、下手ことは言わない方がよさそうなので、ここは無難な沈黙を選択。言葉の代わりに俺の背中に抱き着いてきたみかちゃんの手にそっと触れる。

「ゆうくんが助けてくれたんでしょ！　さっき、パパとママに聞いたの。私、いてもたってもいられなくなって、それで――！」

「……とりあえず、お風呂《ふろ》に入りなよ。風邪ひくよ。話はその後にしよう」

「う、うん……」

俺はイケメン主人公ボイスで感極まった様子のみかちゃんの言葉を封じると、そのまま彼女の肩を抱き、浴室へと誘導する。

「……ゆうくんは一緒に入らないの？」

「そうだね。レアなみか姉の泣き顔をじっくり見つめて欲しいなら、一緒に入るけど？」

「もう、ゆうくんのいじわる」

ちょっと落ち着きを取り戻したみかちゃんが、浴室へと消えていく。

（おらあああああああああああ！　あのアマあああああああああ！　ふざけんな！　チクんなって言っただろこらああああああああああああ！）

俺は内心ブチキレながら居間へと駆け戻り、携帯のとある登録番号を猛プッシュした。

「……なんですか。業務時間中には連絡しないようにと言ってあるでしょう」

とか言いつつ電話に出てくれるママン。でも、今日は許さないよ。ママン。

「あの、母さん。みか姉に、例の融資のこと、バラした？　俺、援助すること、みか姉には知らせないでって言ったよね」

「いえ、あの子本人には何も言ってませんよ。あの子の両親には伝えましたが」

いや、それって同じことじゃん。ママン、そんなことくらい察せないアホじゃないじゃん。絶対わざとじゃん。

「……伝えただけ？　それだけなら、見栄《みえ》っ張《ば》りのみか姉の両親が、みか姉に真実を話すとは思えないんだけど」

「──個人的な感想として、『私は恩知らずが嫌いです。ビジネスはギブ＆テイクだと知りなさい』と付け加えましたが、何か問題でも？」

ママンは声色を一切変えず、悪びれる様子もなく、クールにそう返答する。

「問題大ありだよ。それ完全に脅しじゃん。そもそも、みか姉の両親はテイクを払えないからああなってる訳でさ」

「ええ。だから、『金を返せないなら、せめて誠意を見せるべきです。時に、あなたの娘と私の息子はとても仲良くしているそうですね』と伝えました。私は一般論と事実を述べただけです。たとえ録音されていたとしても、脅迫罪にあたるような言動は一つもありませんよ」

「そういう言葉遊びはいいからさ。現実問題、みか姉が、今、家に来てるんだよ。彼女に恩を着せるようなことをしたくないって俺の気持ち、わからない？」

「ふう。いいですか。祐樹。覇道を歩むなら、着せた恩は相手に刻み、受けた恩は忘れなさい。人は恩を忘れやすく、恨みはいつまでも覚えている生き物ですから」

そこで、ママンは、初めて母親らしい愛情を覗《のぞ》かせる声色で、言い聞かせるように言った。

これがママンなりの俺へのラブの表現なんだってことはわかってるが、全く狂ってやがるぜ。

そもそも、七歳児に言うセリフじゃないよね。それ。

でも、まあ、権力を求めるということは、覇道になるのか？

「母さんの言うことが正しいとしても、親の借金とみか姉は関係ないでしょ。彼女を俺のところにけしかけるのはやりすぎだよ。ほら、男女七歳にして席を同じゅうせずとも言うしさ。あんまり、今から女の子と親しくしすぎるのは、ね？」

「それは嘘《うそ》です。女に慣れるのは、早ければ早い方がいいのです。そして、できれば、信頼できる、口の堅い、有能な愛人を今の内から作っておきなさい」

「母さん？　一体、何言ってるの？」

「わかりませんか？　あなたも、日々目にするでしょう。大きな成功を収めた、政治家や芸能人が、くだらない女性スキャンダルでその地位を失うのを。そのようなことがないように、今から、適切に欲望を処理できる女を準備しておきなさい。私の調べたところ、あの両親に似合わず、娘は聡明《そうめい》な人間のようです。今から囲っておいて損はないでしょう」

くそっ。みかちゃんが有能すぎるのが仇《あだ》になったパターンか。これがぷひ子なら、ママンも俺のところに寄越《よこ》そうとは思わなかっただろう。

「あのさ。俺の目的、わかってくれてる？　俺は、みか姉を守りたいんであって、束縛したいんじゃないんだよ」

「守ればいいでしょう。それともなんですか？　あの無能な両親に支配されるより、あなたの手駒になる方が不幸だと？　そのような環境しか用意できないのなら、覇道など到底無理です。身内に甘い汁を吸わせてやれないような人間に、ヒトがついてきますか？」

「そういうことじゃなくて。みか姉はそういう甘い汁をもらっても喜ぶタイプじゃないし」

「金銭的な利益だけが『甘い汁』とは限りませんよ。相手の求める物を的確に把握し、コントロールせよと言っているのです」

だからやってるよ。フラグ管理だけどな！　今、お前のせいでぶち壊されたけどな！

あー、だめだこれ。話通じねえ。マッドママンを甘く見てたなあ。そりゃ、相手も人間だ。俺に都合よく使われるだけの存在じゃないよね。

キー。カチャ。

そうこうしている内に、みかちゃんが風呂から出てくる音が聞こえた。ちっ。ここまでか。

「とにかく、今度、こういうことをする時は事前に相談してよ。ビジネスは信頼関係でしょ？」

「……前向きに検討します」

うわっ。絶対言うこと聞かねーよこのママン。

俺はある種の諦念とともに電話を切った。

「……お風呂、頂きましたー。えへへ。ぷひちゃんのパジャマ借りちゃった」

みかちゃんが袖足らずのパジャマを着て、照れくさそうに言う。

メインヒロイン特権でぷひ子の着替えは俺の家に常備されてるしね。それを使ったのね。

「うん。はい、麦茶」

俺はコップにいれておいた麦茶をみかちゃんに差し出す。

「ありがと」

みかちゃんはそれを受け取り、半分ぐらいまで飲み干した。

そのまま、なんとなく二人並んでソファーに座る。

「それでね……。改めて、聞くけど、ゆうくんが私のうちを助けてくれたんだよね」

「──うん。どうやら、俺にはお金を稼ぐ才能があるみたいだから、それでみか姉のうちが助かるならいいかなって思って」

「そうなんだ……。うん。じゃあ、やっぱり、もう、私はゆうくんのものなんだ」

みかちゃんはコップに口をつけながら、神妙な面持ちで頷《うなず》いた。

「俺のものって？」

「あのね。パパとママが、うちにはゆうくんに返すようなお金がないから、代わりに私がゆうくんにご奉仕しなさいって」

あー、つまり、本編のヤクザ屋さんの立ち位置が俺ってことか。

まあ、俺がみかちゃんに手を出さなければ変なフラグは立たないだろう。

「奉仕なんていらないよ。見返りが欲しくてやった訳じゃないし」

「でも、百円や、五百円の話じゃないでしょ。詳しいことまでは知らないけど、すごい額のお金だってことくらいはわかるわ」

「ねえ、みか姉。例えば、さ。俺が海で溺れてて、その場にみか姉しか助けられる人がいないとしたら、どうする？」

「もちろん、飛び込んで助けるわ。お姉ちゃんだもん」

みかちゃんが即答した。

実際、いくつかのルートでは主人公を庇《かば》って死ぬからね。みかちゃんは。

「その時に、後で俺から何か欲しいと思う？」

「そんなこと、考える余裕ないと思う」

「それと同じだよ。俺のやったことも」

「ありがとう、ゆうくん。ゆうくんの言いたいことはわかった」

「そっか。よかった」

俺はほっと息を吐き出す。

見たか、この完璧な主人公ムーブを！

青春時代をギャルゲーに費やした経験は伊達《だて》じゃ——

「でもそれはそれとしてご奉仕はするね！」

みかちゃんは俺の自己満足を一瞬で吹き飛ばす。

「えっと……どうして？」

「あのね。パパとママが、私はゆうくんのものだって言った時、実は、ちょっと嬉《うれ》しかったの。一生返せないようなお金の代わりに、私がゆうくんのものになるっていうなら、私はずっとゆうくんの側《そば》にいられることになるから」

「それはお金を介さなくても一緒だよ。俺たちは、幼馴染《おさななじみ》だし、みか姉は、みか姉だし……」

「一緒じゃないよ。お姉ちゃんっていっても、本物じゃないわ。幼馴染じゃずっと一緒にはいられない。私はぷひちゃんみたいに家が隣じゃないから、朝起こしに行ったり、晩ご飯を一緒に食べたりもできない。ほら、こんな風にパジャマを置いていったりも。でも、ゆうくんのものになったら、全部できるよね。ゆうくんなら、私を大切に飼ってくれるでしょ？」

みかちゃんは、そう言って上目遣いで俺を見る。

これはみかちゃんの隠れドスケベなところが前面に出たな。

さすがにギャルゲーのセオリーとして、これを拒絶するのは無理だ。トラウマが発動して、いきなり鬱フラグが立ちかねない。

「わかった……。じゃあ、ご奉仕はともかく、みか姉にお願いする仕事を考えておくよ。それでいい？」

（まあ、いずれバレることだし、仕方ないか。計画を早めよう）

本当は、高校生か、早くても中学生くらいで『普通』の仮面を投げ捨てるつもりだったが、それが今になっただけだ。みかちゃんが有能であることは本編でも証明されてるし、今から訓練して、俺の秘書的な役割でも果たしてもらうとしよう。

「わかった！　じゃあ、そのお仕事が決まるまで、私、ゆうくんのお手伝いさんをやるね！」

みかちゃんが決定事項のようにそう宣言する。

将来の生徒会長だけあって、リーダーシップを発揮する時はするのだ。このムッツリ姉は。

「うん。でも、無理のない範囲でね……」

『ぷひ子の嫉妬ゲージが溜《た》まるから嫌です』とも言えない俺は、控えめにそう付け加えるので精一杯なのだった。

……。……。

「――という訳でさ」

俺は苦笑交じりに回想を語り終える。

「なるほど……。事情は把握しましたが、みかさんと祐樹《ゆうき》くんが一緒にいる時間が増えると、美汐《みしお》ちゃんが嫉妬しそうですね」

祈《いのり》ちゃんがずばり核心をついた。

ほんとそれな。

「その件なんだけど、嫉妬とかはともかく、みか姉だけじゃなく、他の友達も仲間外れにしたくないからさ。映画の物語の導入部の幼少期編でさ。ぷひ子や香たちにも出演してもらおうと思ってるんだ」

「プロの子役を使わず、にですか?」

「うん。メインヒロインは小百合《さゆり》さんだけど、彼女の幼少期役にぷひ子を使おうと思って」

「ふむ。確かに今頂いている筋だと、子どもの頃のヒロインのイメージに美汐ちゃんはぴったりですね」

「そうだろ」

そもそもぷひ子を念頭に原案を仕上げたからな。

「ヒロインの幼少期が美汐ちゃん。とすると、相手役は?」

「香に頼もうと思う。あいつなら、そこらの子役には負けないくらいイケメンだろ?」

「はい。ルックスは十分かと。でも、そもそも美汐ちゃんや香くんって演技できるんですか？」

「そこだよね。あまりにもひどかったら、エキストラにするしかないかも。とにかく、俺はみんなで映画を作りたい。ひどい映画でもいい。十年後、みんなで観《み》て懐《なつ》かしめるようなら」

俺は友情に厚い主人公スマイルを浮かべて言った。

「そうですね……。そんな映画ができたら、とっても素敵ですね」

祈ちゃんが、どこか大人びた笑みを浮かべて言った。

まあ、演技力に関しては何とかなると思っている。

というのも、本編のぷひ子ルートの高校編では学園祭の出し物として、クラスで演劇をやることになり、香が王子様役、ぷひ子がヒロイン役に選ばれる。二人の仲睦《なかむつ》まじい姿に、主人公は、初めて嫉妬を覚え、幼馴染という曖昧な関係でお茶を濁していた自分を自覚する——というシナリオがあり、その中で、二人共、一般客から拍手喝采を浴びる程度の演技力はあった。

（っていうか、いい加減、ぷひ子に興味を持ってくれよ、マイベストフレンド。頼むぜ）

わざわざ作品のクオリティを落としかねないことをしてまで、彼女たちを映画に出す理由は、二つ。

①香とぷひ子を接近させて、ぷひ子の好感度を香に押し付ける。
②あわよくば、ぷひ子に芸能界に興味を持たせて、彼女の村脱出ルートを開拓する。
という目論見《もくろみ》があるからだ。

「ゆうくん。私は映画に出なくていいの？」

「みか姉には、裏方をやってもらうつもりだよ。映画を撮るとなったら、この地域に詳しい人の助けが必要だしね」

みかちゃんは逆に目立ってもらうと困る。もちろん、演技はできるし、容姿端麗で色んなところからスカウトがくるレベルだろうが、彼女は基本的に薄幸属性なのだ。もし芸能界にでも入ろうものなら、不幸な未来しか想像できないもんね。

＊　＊　＊

「では、受けて頂けるんですね！」

電話を片手に、俺は興奮気味に言った。

「ええ。そろそろうちとしても、小百合を女優業に進出させたいと思っていたところだし、なにより当の本人がとても乗り気だから」

小百合ちゃんのマネージャー、佐久間《さくま》さんがキビキビとした仕事人の口調で言う。

「ありがとうございます。これできっと、最高の映画が撮れます！」

正直、ほっとした。小百合ちゃんたちにかなりの恩を着せてはいるが、超多忙なアイドルのスケジュールを押さえられるかはかなり不安だった。

「ん、まあ、正直、言うとね。最初この話をもらった時、私はあまり乗り気じゃなかったのよ。いくら小百合の命の恩人でも、ズブの素人《しろうと》作品に出して、彼女のアイドルとしてブランドを傷つけるくらいなら、私が憎まれ役になってでも断ろうと思っていたの」

「それは、当然の懸念《けねん》ですよ。でも、受けて頂いたということは、そちらの事務所も納得してくださったと考えてもいいんですよね？」

「ええ。脚本が想像以上に良かったから。それに加えて、あの白山監督がメガホンをとるんでしょ。これは断れないわよね。それにしても、あなたも、随分思い切った賭けに出たものね」

佐久間さんが感心したように言う。

「え？　まあ、確かに、かなりの予算を積みましたので、冒険といえば冒険ですが……」

俺は佐久間さんの意図が摑《つか》めず、曖昧に言葉を濁す。

「いえ、そういうことじゃなくて、白山監督の起用のことよ。あの監督の性格を知ってて、それでもこれだけの予算をかけるって決めたんでしょ。安パイを狙うつまらない映画ばがりが増える中、素晴らしいチャレンジスピリッツだと思うわ」

「……えっと、白山監督は、そんなにアレですか？」

白山監督は、くもソラのゲームじゃなく、かつての現実世界にも存在した映画監督である。

ゲームとは全然関係ない——はずなのだが、実は俺がいた元の世界ではくもソラのライターと白山監督が親戚関係にあるとかいう眉唾ものの情報が匿名掲示板に流布《るふ》されていた。

そして、某名無しさんの見解によると、世界的な名声を獲得した白山監督へのコンプレックスから色々こじらせたくもソラのライターは、『一般受けするようなユーザーに媚《こ》びたメインカルチャーのクリエイターは所詮、商業主義に汚染された二流。サブカルチャーこそが真実の創作！』とイキりまくり、ニッチの極みである陵辱エロゲーのライターに手を出した——とまことしやかに語られていた。

まあ、俺が調べた限りではこの世界にはくもソラのライターはいないのでどうでもいいか。

ともかく、前になんかの映画賞を取った時のインタビューを見た限りでは、白山監督は割と常識人ぽかったんだけど……。

「——まさか、知らずにオファーしたの？　じゃあ、白山監督が、前の映画で揉《も》めて監督を途中で投げ出して、それで干され気味になってることも？　業界人ならみんな知ってる話よ？」

（知るか。そんなの！　あああああああ！　どうりで名監督が何の実績もない俺の出資の映画を撮ってくれると言うはずだよ！）

言うまでもなく、俺はギャルゲーマニアではあるが、映画マニアではない。原作ライターと監督の関係性ならともかく、監督本人の裏事情なんて知るか。

「えっと、それは、俗に言う、セクハラとか、パワハラとか？」

ヒロインたちに変なトラウマを植え付けるような奴《やつ》だとさすがに困る。

「いや、もちろん、そういうのではないけど、とにかく映画に関しては妥協を許さないタイプよね。前の映画では、政治的にキャスティングされた大根役者の演技が気に食わなくて、泣いても喚《わめ》いても絶対に認めずに、大幅にスケジュールをオーバーしてからの途中降板よ」

（政治的にキャスティングって、まさに今俺がやろうとしてるやつじゃん）

俺は冷や汗を掻《か》く。

「ははは、なんだ。それならいいんです。ほら、優れた芸術家というのは、往々にして狂気を孕《はら》むものですから」

俺は強がってそう言った。

今更後悔しても、もう遅い。金は払ってしまってるし、後戻りはできない。

「そうね。私も、下手な演技なら通さない監督だから、小百合を出すことにしたんだし。『アイドルだから』と馬鹿にされるような安い映画なんて御免だわ」

「ええ。そうですね！　日本の映画界に白山あり、女優界に小百合ありというところ、見せつけてやりましょう！」

俺は開き直って叫んだ。

「やる気満々ね。もうすぐクランクインよね。小百合は子役時代の撮影が終わってからの後のりだけれど、スケジュール管理、頼むわよ。いくら白山監督作品でも、小百合のスケジュールは延ばせないから」

佐久間さんが念押しするように言った。

「はい！　地元なんで、監督のわがままにも融通が利《き》きますから、絶対上手《うま》くいきますよ！」

ここまで来たらやるしかねえんだ！　頼むぜ癖強《クセつよ》監督。

こんなことをすると**バッドエンド**だぞ

バッドエンド

【彼女は永遠に憧れ】

突入条件

・みかルートに突入後、選択肢を間違える

みかはヤクザの情婦にされかけ、防衛本能からぬばたまの君の因子を覚醒させる。そして、ヤクザを皆殺しにし、自分を見捨てた両親も殺す。さらに主人公をも殺しかけるが、愛情が残っていたため、正気に戻る。しかし、大量殺人を犯した良心の呵責から、自殺してしまう。

被害者《プレイヤー》は語る

いい人ほど死にやすいのが、くもソラワールドの基本原則なんだね!

第三章　ダブルキャストは鬱フラグ

撮影開始当日は、絶好の秋晴れに恵まれた。

寂れていた神社の境内は、撮影機材やらスタッフやら演者やらでごった返し、周囲では村中からやってきた見物客が首を長くして待っている。

まあ、退屈な田舎には滅多にないイベントだからね。

この上、小百合ちゃんが来たら、すごいことになりそうだな。

小学校？　今日は土曜日なので普通に休みである。まあ、映画撮影を続けていればいずれ平日に顔を出さなきゃいけない日も確実にあるに決まってるが、そんな時は余裕で公欠だわ。今や俺が出した金で飯食ってる村民が少なからずいる状況だからね。彼らの反感を恐れて、教師たちもあまり強く出られない。さらに村のＰＲという役割を兼ねているとなればなおさらだ。ほんと金と権力って最高！

「こんにちは。この度は、こんな素人の映画をご高名な白山監督にメガホンを取って頂き、とても光栄です」

「いえいえ、素人なんてご謙遜を。こんな素晴らしい脚本を撮らせて頂き、とても嬉《うれ》しく思っています」

白山監督は深々と頭を下げた。

白山監督は、細身の中年男性である。

服装も全身量販店のものに身を包み、髪には白髪がメッシュで入ってる。一言でいえば、某無免許医《ブラックジャック》を素直にしたような顔だ。それにしても、ゲームのキャラじゃないのに、随分キャラが濃いなこの監督。

「でも、正直、困惑されたんじゃないですか。小学生が出資者で、脚本も俺の友達だし」

「創作活動に年齢は関係ないですよ。出来上がった作品が全てです」

白山監督は仏のようなアルカイックスマイルを浮かべて答える。

なんだ。やっぱりいい人そうじゃん。

誰だよ。癖強とか言ったやつ。

「そう言って頂けると助かります」

「では、早速、私の仕事をはじめても構いませんか？」

「そうですね。お願いします」

「――では、いきましょう」

白山監督はスッと目を細めて、右手を振ってスタッフに合図を出す。

「本番一分前でーす！　準備お願いしまーす！」

スタッフが大声でそう呼びかける。

映画の冒頭は、神社で子どもたちが遊んでいるシーンから始まる。鈍くさくてみんなからいじめられているヒロイン役のぷひ子を、香が助ける場面である。

「ぷひゃー、緊張するー」

ぷひ子が目を白黒させて言う。

「ふうー」

香が大きく深呼吸する。

「早く遊びたーい！」

渚《なぎさ》ちゃんはよくわかってないのか、大物なのか、ワクワクしたように肩を震わせている。

そして、他のプロのエキストラ子役のみなさんは、落ち着いたものだ。

あっ、ちなみに翼は、夏休みが終わってとっくに親元に帰ってるのでここにはいない。彼女が祖父母の家があるこっちの田舎に長期滞在するのは、夏休みの間だけだから。もちろん、関係性が途切れた訳ではなく、本編とは違って、休日に日帰りでやってくる翼と一緒に遊ぶ程度の関係は維持している。だが、今回の件に関しては、まあ、本人も「あ？

演技なんかできねーよ。セリフとか覚えらんねーし」と興味なさげだったのでよしとしよう。まあ、打ち上げに呼んで高めの飯でも食わせとけば、奴は十分に満足するだろう。

「本番、5秒前！　4、3、2、1！」

カチンコが小気味いい音を立てて、映画撮影がスタートする。

鬼ごっこに興じる子どもたち。

ワーキャー言いながら走り回るモブ子役たちを必死で追いかけるぷひ子。だけど追いつけない。つーかリアルぷひ子もかけっこはクソ遅いので演技の必要がない。

「もー、いつまでこの子が鬼――？」

「ったくさー、鬼が遅すぎたら鬼ごっこにならねーよな」

「ああ。ぶっちゃけ邪魔だよ」

「トロは足が速いのに、トロ子の足は遅いのね！」

「トロ子は大人しく家に帰ってマグロ女とガリでも食ってろ！」

マグロ女とはもちろんエッチなやつではなく、ぷひ子が演じるヒロインの母親が寿司《すし》屋を営んでるからである。

「「「帰れ！　帰れ！　帰れ！　帰れ！」」」

モブ子役たちがぷひ子を煽《あお》る。

「か、帰らない、もん！」

涙目のぷひ子が必死に子役たちを追いかける。

あー、鬼ごっことか心臓がドキドキする。伝奇ものやホラーで鬼ごっことか大体ろくなことにならないし。

もちろん、この境内はたまちゃんパワーで聖域《サンクチュアリ》になってるからセーフ――っていうか、セーフだからこそここを撮影場所としてアテンドした訳だけど、もし監督が他のところで撮りたいとか言い出したらどうしよう。特に秋なのに咲き誇ってる常桜とかには絶対興味を持って欲しくない。あそこには祈《いのり》ちゃん関連の厄ネタが埋まってるから。

「ぷひ、ぷひ、ぷひ、ぷひ、あっ！」

ぷひ子が境内の縁石に足をとられてバランスを崩す。

今にも転びそうになったその時――

「大丈夫か？」

ガシッとその腕を摑《つか》む少年。

禰《ね》宜《ぎ》姿の香の登場だ。

女の巫女《みこ》がいいって？

変なフラグが立つから絶対やらせねーよ？

「あ、ありがとう」

「別に。俺はただ、下手に転ばれて境内を血で汚したくなかっただけだから」

「お、追いかけなくちゃ」

「なんで？」

「だって、私、鬼だから」

「もう、違うだろ」

「え？」

「俺に触ったんだから」

香のイケメンスマイルが炸裂《さくれつ》！　きっとショタコンお姉さんも喜んでくれるはずだ。などと思っていた矢先――

「カット！」

監督の一声で、突如撮影が中断した。

「香くん。もっと、突き放すような優しさでお願いします。部屋の中を徘徊《はいかい》する蜘蛛《くも》を外に逃がしてやるような、距離感のある優しさです。あなたは、親身になりすぎている。現段階で、ヒロインとの関係はそれほど深くはないはずです」

監督から指摘が入る。

俺は気にならなかったけど、まあ、香氏は優しすぎるところあるからね。

「スタンバイ！　5、4、3、2、1」

繰り返される冒頭シーン。

「大丈夫か」

「あ、ありがとう」

「別に。俺は下手に転ばれて境内を血で汚したくなかっただけ――」

「カット！」

（なんでやねん！　マイベストフレンドめっちゃ頑張っとったやんけ！）

心の中で突っ込む。素人目《しろうとめ》には、香はちゃんと監督の要求に応えていたように思うのだが。

「違う。違いますよ。なにかが、足りませんねえ。こう、大鳥のような。もっと、俯瞰《ふかん》で物を見ている雰囲気が……」

白山監督が椅子から立ち上がり、顎に手を当てながら、グルグルと円を描いて歩き回る。なんかポエミーなことを言い出したぞこの監督。

「なにか問題が？　私の脚本のせいなら、合理的な理由をおっしゃって頂ければ直します」

祈ちゃんが心配そうに言った。

「いいえ、脚本自体には問題がありませんよ。むしろ、もっと脚本に忠実に展開したいだけです。彼は、実は未来から来た人間で、全てを知っている役どころですよね。つまり、少年といえど、どこか達観した部分が必要な訳です。香くんの演技は決して悪くないが、その『達観』が足りません。これは、演技指導でどうにかなるような問題ではなさそうですね……」

「えっと、それはつまり、ヒーロー役を変えろ、と？」

「はい。できればそうして頂けるとありがたい。重ねて言いますが、そちらの香くんの演技は悪くありませんでしたよ。落ち込まないでください」

もう変更が決定事項のように、白山監督が言い放った。

大御所がそう言うと、誰も逆らえない雰囲気がある。

(これは欲張らずに言いなりになる新人監督を引っ張ってくるべきだったかなあ)

今更後悔するが、俺は映画に詳しくないので、新人監督のツテなんてない。

「えっと、変えると言っても、どうしますか？　エキストラの男の子の誰かから選びます?」

祈ちゃんが困惑顔で言う。

「それでは、おそらくだめですねえ。プロの子役は客観性がある子も多いですが。私が求めているのは、もっとこう、広義の、人生や世界観そのものに対する諦念のある人間です。そう。例えば——あなたみたいな」

白山監督がアルカイックスマイルを浮かべたまま俺を見た。

「お、俺ですか?」

「——ええ。試しに、あなた、演《や》ってみてもらえませんか?」

疑問形をとっているが、有無を言わせない圧がある。そりゃ確かに主人公くんの中身はおっさんの俺だからな。諦念も達観もあるけどよ。

「いや、でも、その、出資者本人が映画に出るっていうのは、なんか、こう、傲慢というか、地方のイタくてダサいワンマン社長みたいで嫌なんですけど」

監督が演者としても出るっていうのはたまに聞くが、出資者が主役として出るなんて話聞いたことない。そんなことしたら、俺かなりイタい奴《やつ》じゃん。

「イタくてダサいかは、あなたの主観に過ぎないのではないでしょうか。客観的にいえば、出資者のあなたが損をしないためにも、ベストな映画を撮るために全力を尽くすべきだと思います。そして、新たにオーディションをするよりは、今いる人材を使った方が経済的でもある。協力して頂けませんか」

白山監督はそう畳みかけてくる。

こいつ、正論で追い詰めてくるおじさんか⁉

パワハラおじさんの次に上司にしたくないタイプだわ。

「祐樹《ゆうき》くん、試しにやってみるだけなら、構わないのではありませんか。祐樹くんは記憶力がすごいから、脚本は全部覚えてますよね？　服のサイズも香くんと大差ないですし」

「う、うん。まあ、覚えているけど、演技の練習はしてないよ」

余計なこと言うな！　祈ちゃんは空気が読める方だけど、創作になるとガチだからなー。

「まあまあ、食わず嫌いせずに、やってみてください」

俺は白山監督に押し出されるようにして、現場に出た。

予備の神官服を着て、現場に立つ。

「ぷひひ、ゆーくんと恋人役、うれしーな」

ぷひ子は無邪気にぷひぷひ喜んでる。

黙れ納豆女が！　鮒《ふな》ずしと一緒に箱詰めにされろ！　くっそ。こいつの好感度はこれ以上稼ぎたくないのに。

（くっ。どうする。わざとクソみたいな演技をして、５億％監督が見限るようにするか？

――だが、そうすると確実にヒロインたちからの好感度は下がるな）

基本、ギャルゲーにおいて、真面目にやるべきところで手を抜くのはミスチョイスである。一生懸命やった上で失敗するのはいいのだが、不真面目キャラでも、『意外と真面目《まじめ》なところもあるんだ。素敵！』な好感度を稼いでいくのが基本だ。

（んー、真面目にやってみるか。少なくとも俺の演技が香より上手《うま》いってことはないだろ）

俺は楽観的にそう考えて、それなりに真面目に演技をした。

「カット！」

「うーん、やっぱり違いますねえ」

「あっ。やっぱりそうですか？　俺なんかじゃダメですよやっぱり。不満なら急遽《きゅうきょ》、この村で新しくオーディションをするか、小百合《さゆり》さんの事務所に相談を――」

「いえ、祐樹くんの演技はいいですよ」

ウキウキで役を降りようとする俺を、白山監督の声が遮った。

「えっと、じゃあ、何が違うんですか？」

「それはもちろん、ヒロインですよ。ヒロインも、違います。こう、しっくりきません」

「ぷひゃ⁉」

突如水を向けられたぷひ子が泡を食ったように目を見開く。

「えっと、どういうことでしょうか。今回のヒロインは、そもそも美汐《みしお》ちゃんを念頭に作ったので、ズレているはずはないのですが……」

祈ちゃんが困惑したように言う。

「ベースの性格で表現するなら、まさに美汐《みしお》さんは適役でしょうね。しかし、ストーリー上ではどうでしょうか。今回のヒロインは、将来、単身で暴力団の事務所に乗り込んでいくような女子高生になる訳です。常軌を逸している。つまり、ある種の狂気を孕《はら》んでいる訳ですよね。ただの天然のポヤポヤした女の子ではない。ならば幼少期からその片鱗《へんりん》は見せておくべきだと思うんですよねえ」

あ？　なに言ってんだこら。ぷひ子は狂気の塊だぞ。バッドエンドルートのバーサクモードぷひ子のヤバさを知らねーからそんなこと言えるんだぞこら。監禁されて、燻製《くんせい》にされたヒロインズの肉を食わされる主人公の気持ちになってみろ。殺すぞ。

「──確かに、おっしゃっていることは一理ありますね」

おい、祈《いの》りちゃんも納得しちまったよ。こっちも創作に関しては妥協しない派だからな。

友達が出演しているからとはいえ、忖度《そんたく》なんかしない。

「えっと、でも、監督、狂気を孕んでそうな子なんて、いますかね？」

俺はおずおずと問うた。

ぶっちゃけくもソラのヒロインは全員狂気を孕んでいるのだが、監督が言いたいのはそういうことではないようだ。

「そうですねえ。私の見立てでは、名前は存じ上げませんが、そちらのお嬢さんなどよいかもしれないと思うのですが……」

なんと監督が白羽の矢を立てたのは、俺の護衛として現場に来ていたアイちゃんだった。

「はぁ。アタシぃ？」

蟻《あり》を蟻地獄に放り込んで遊んでいたアイちゃんは、気怠《けだる》そうに白山監督にガンを飛ばす。

いや、確かにアイちゃんはわかりやすくヤベーオーラを放ってはいるけどさあ……。

ぷひ子と比較してキャラ変わりすぎだろ。

「ええ。あなた、かなり狂気を感じます。ヒロイン役をやってみてもらえませんか」

「それはさすがに厳しいのではないでしょうか。アイは、俺と違って脚本を覚えてませんし」

俺はやんわりと断りたくて言う。

「問題ありません。子どもたちが遊んでいるシーンでしょう。細かなセリフにまでこだわる必要性は薄い」

「ですが、アイさんの外見は、日本人離れしてますよ。彼女が、日本が舞台の作品と合いますか。それに、後の小百合さんと整合性が取れなくなるのでは？」

祈ちゃんが理路整然と問う。

「顔はメイクでどうにでもなりますよ。そして、リアルであることとリアリティは別物です。例えば、あの原節子の顔もバタ臭かった。でも、日本の女性としての演技をするのに、何か支障はありましたか？」

「……いえ、素晴らしい演技ばかりでした。なるほど。そういうことですか」

祈ちゃんが納得したように頷《うなず》く。いくら祈ちゃんが将来の天才クリエイターでも、さすがに現役のレジェンドには敵《かな》わないってことか。

つーか、節子って誰だよ。おはじき舐《な》めて死にそうな名前だな。

「勝手に話を進めるんじゃないわよぉ。たとえ演技でも、このアタシが、負け犬のいじめられっ子の役なんてするはずないでしょぉ？　白髪ジジイ、ブッ殺すわよぉ？」

「そう！　それです！　その反骨精神が欲しかった！　さあ、早くカメラの前へ」

アイちゃんにボロクソ言われたのに、白山監督は嬉《うれ》しそうに膝を打った。

ドMかな？

「だから嫌だって言ってるでしょぉ？　血を流さないとわからない耄碌《もうろく》ボケジジイなのぉ？」

「アイ。言うこと聞いてくれたら、すぐにダイヤをぶっ殺せるくらい強くなれるところに連れてってやる。だから、今は我慢してくれ」

マジで世界の白山を今にもぶっ殺しそうな勢いのアイちゃんの耳元で、俺は囁《ささや》く。

「本当ねぇ？　嘘《うそ》をついたら、ジジイのケツの穴にあんたの頭を突っ込んでキビヤックにするからねぇ？」

「もちろん。俺は約束を守る男だよ」

アイちゃんの脅しに自信満々に頷く。

つーか、キビヤックってなんだっけ。アザラシの腹に鳥を詰めて作る発酵食品だったか？

「仕方ないわねぇ……。捕まっても骨一つ折れないなんて、鬼ごっこをやった気にならないけどぉ」

アイちゃんは足で蟻地獄の穴を埋めると、重い腰を上げた。

まあ、アイちゃんはママンの研究所で鬼畜系リアル鬼ごっこを経験してる上級者だからね。普通のじゃもの足りないよね。

「はい。では、撮影再開しまーす。5、4、3、2、1」

こうして白山監督の望むがまま、撮影は進んでいく。

俺はカメラを意識しつつ、境内の陰へと移動した。

そして、あっという間に時間が過ぎ、初日の撮影はなんとか無事終了した。

日が暮れる頃、俺たちはスタッフたちの待機所ともなっている公民館に引き上げる。

折り畳み式の長テーブルの上には、ペットボトルの飲み物の類と、近所の方々のご協力で作られたおにぎりやちょっとしたおかずの軽食が準備されている。

ちなみに、これらの差配をしたのは、我らがみかちゃんである。今も、忙《せわ》しなくそこら中を歩き回って、甲斐甲斐《かいがい》しく癒《いや》しを振りまいている。

さすがはみかちゃん。合コンなら絶対サラダを取り分けてくれるタイプだよ。男たちにモテモテだよ。そして、他の女の子たちにトイレで「あざとい」って陰口叩《たた》かれるまでがワンセットだよ。

「ふう、今日はとてもよい一日でした。非常に満足のいく画《え》が撮れた」

白山監督はパイプ椅子に腰かけると、愉快そうに麦茶を飲み干した。

役者関係の人とかは酒をガンガンかっくらいそうなイメージだが、白山監督は食事もストイックで、酒もタバコも一切やらないらしい。

「それにしても、驚きました。祐樹くんが今回のヒーロー役にあそこまでハマるとは、思いませんでしたから」

祈ちゃんは、何か気付いたところがあるのか、台本に熱心に書き込みをしながら呟《つぶや》く。

（まあ、今も常時主人公の演技をしてるし？）

などとは言えない俺は、

「そ、そうか？」

と、照れくさそうに笑う。

「うん！　ゆーくんがかっこよかったー！」

ぷひ子はそう言って俺にキラキラした視線を向けてくる。

（ヒロイン役を奪われたのに呑気《のんき》な奴《やつ》だ……）

歩く嫉妬マシーンのぷひ子も、さすがにぽっと出のアイちゃんに俺がかっさらわれる可能性は考えてないらしい。そうやって油断してるから、いろんなルートで負け幼馴染《おさななじみ》となり、くもソラ人気投票ではサブヒロインたちにフルボッコにされまくるんだぞ。ぷひ子よ。

つーか、こいつ、手遅れになってから後悔して爆発する、一番厄介なタイプの嫉妬ネキだしな。まー、ギャルゲーに二人幼馴染の攻略対象がいる場合、選ばれなかった方のブチギレイベントは必然なんだけど。

「それにしても、不思議ですね。今回のヒーロー像は、青年期の方の役者さんに合わせて作りました。子役の方もそれに準じたキャラクターになっています。どちらかというと、祐樹《ゆうき》くんとは真逆のタイプかと思ったんですが……」

祈ちゃんがふとペンを止めて考え込む。

小百合ちゃんのお相手役の、今をときめくイケメンね。

「そうでしょうか……。私はむしろ、本質的にあのキャラクターに一番近いのは、祐樹くんだと思いましたよ。だから、私は彼を指名したんです。祈さんご本人が自覚していらっしゃるかはわかりませんが、異性の恋人役を作る時、クリエイターは、本人が無意識にしろ、その理想を投影せずにはいられません。私も監督なんて仕事をしていますから、よくわかります」

白山監督がニコニコして言う。

うわっ。このおじさん、めんどくさい会話フラグを立てようとしてやがる。

俺は飲み物を取りに行くフリをして立ち上がった。

二人の会話が『聞こえない演技をしても』不自然でないくらいの距離感だ。

「幼い恋心を勝手に代弁するのは、無粋ではないですか……」

祈ちゃんが台本で顔隠しながら、呟く。

「ははは、そうですね。失礼しました。でも、恋はいいものですよ。楽しいものでも、辛《つら》いものでも、どちらも、人生の糧《かて》になる。だから、どんどん恋をしたらいい」

おい。それっぽいこと言ってんじゃねーぞ、ニセ無免許医風監督が。俺の恋には世界の命運がかかってんだぞこら。

「だ、そうです。祐樹くんは、もし映画を撮るなら、どんなヒロインにしますか？」

「……ん？　よくわからないけど、俺ならヒロインを助けないだろうな。勝負は勝負だし、鬼ごっこに参加したのはヒロイン本人の意思だしな」

俺は監督と祈ちゃんの前の会話が聞こえなかった体でそう答える。

『誰が好きなの⁉』系の選択肢は、誰かを選ぶと選ばれた以外のヒロインの好感度が下がるクソだ。

ここはぐらかし一択。

「ふふっ。そうですよね。祐樹くんは、後でこっそり特訓に付き合ってくれるタイプです」

祈ちゃんはクスッと笑った。好感度が少し上がった。多分。

「祐樹の演技も良かったけど、僕はアイちゃんの演技にも驚いたよ。その、失礼だけど、演技ができそうなタイプには思えなかったから」

香が、疲れてうたた寝を始めた渚《なぎさ》ちゃんに肩を貸しながら呟く。

香は主役からモブ子役に格下げされたものの、特に不満はなさそうだ。むしろ、ぷひ子といちゃいちゃしなくてよくなったから安堵《あんど》してる感すらある。

「それな。——良かったな、アイ。俺のボディーガードを辞めても、女優で食っていけるぞ」

俺は香に大きく頷いてみせてから、アイに水を向ける。

俺の演技の出来は自分では客観的な評価はできないが、少なくともアイちゃんの演技に関しては文句のつけようがないクオリティだった。

特に涙目の演技は野次馬に来ていた村人たちが息を呑《の》むほどで、『ただものではない』いじめられっ子を見事に表現していた。サディズムとマゾヒズムは表裏一体ということだろうか。

まあ、ソフィアあたりに言わせれば、『こちらの方がむしろ素に近いですよ。アイは、本当は、脆《もろ》くて優しい子なんです』といった話になるのだろうが。

ともかく、白山監督の映画人としての腕は確かなようで、俺は一安心だ。

「はぁ？　どうでもいいけどぉ。どうせなら、もっと、こう、血とか内臓とかがドバドバ派手に出る映画にしなさいよぉ。つまんないわぁ」

アイちゃんは本当に心底つまんなそうに言った。こちらに視線を向けることもなく、そこらを飛び回る羽虫を割り箸で捕まえて潰す達人ムーブをして無聊《ぶりょう》を慰めている。

「後半に暴力団の事務所に乗り込む、アクションシーンがありますよ。一応、青春映画なんで、グロテスクな演出は控え目ですが」

祈《いのり》ちゃんが呟く。

「そこなんですがねえ。私としては、もうちょっと真に迫った演出がしたいんですがねえ。青春の無鉄砲には痛みがともなうものでしょう？」

「いや、さすがにレーティングに引っかかるようなものだと、メインの客を逃してしまうんで、そこは勘弁してください。アイドルである小百合《さゆり》さんのイメージとの兼ね合いもありますんで」

俺はまた映画馬鹿を発動させようとした白山監督をなだめにかかる。クリエイターという生き物は好き勝手にさせとくと、商業を無視したものを作りがちだ。いくら一部のマニアに評価されようが、売れてくれなきゃ俺としては困る。

「小百合さんの今後の芸能活動の飛躍を期するなら、むしろアイドル映画ということを意識しない方がいいと思いますがねえ……」

「小百合さんの芸能活動はともかく、私は純粋に映画のために、グロテスクなシーンはいらないと思います。ここで表現が身体性に寄り過ぎると、テーマがブレるので――」

侃々諤々《かんかんがくがく》の議論は続く。

正直に白状すれば、この時、俺は純粋に楽しかった。

最初は打算で始めた映画撮影だった。でも、子ども時代、部活にも勉強にも真剣に向き合わず、暇があればギャルゲーばっかりやっていた俺にとっては、まるで青春を追体験しているかのような、新鮮で刺激的な体験だったのだ。

まあ、こういうモノローグって、大体フラグだよなあ……と気づいたのは、後になって、全てが終わってからのことだった。

＊　＊　＊

「小日向《こひなた》さん、西入《にしいり》さん、入りまーす！」

撮影現場となる村の商店街は、異様な熱気に包まれていた。

今をときめくビッグスターの登場ともなれば、それも当然か。下手すりゃ一生芸能人なんて生で見られない田舎民たちは色めきたち、どこから聞きつけたのか、小百合ちゃんや主演俳優のファンも押し掛けてきている。

シャッター通りになっていた商店街もにわかに活況を呈す。錆《さ》びたシャッターは開き、即席の休憩所が作られた。

当然、周りにコンビニなんてないので、農家のおばちゃんたちが握り飯と麦茶を持ち込んで売り始める。良きかな、良きかな。

存分に美味《うま》い汁を吸って欲しい。

地元民からの好感度を稼いでおいて悪いことはない。

(うんうん。やっぱり、プロの方が映えるね)

俺はセットの外から小百合ちゃんと俳優を見守りながら頷《うなず》く。

「悪漢からお姫様を助けるヒーローの次は、映画のスポンサー。と思ったら、名俳優？　本当に何者なのよ。あなたは」

小百合ちゃんについて撮影現場に来ていた佐久間《さくま》さんが、俺に声をかけてくる。

「いやあ、成り行きで」

「ふうん。成り行きでアレなら大したものね。それに、あの女の子のことも聞いてないわよ」

「アイのことですか？　すごいでしょう。俺の隠し玉です」

俺は不敵に笑って胸を張る。

「これは、あなたの事務所、うちの商売敵になりそうねえ」

「敵だなんて物騒だな。ここは和の心で共存共栄といきませんか。委託料は払いますから、そちらの事務所のレッスンに参加させてくださいよ。近々もっと女の子が増える予定なんで」

できれば、アイドルグループとかも作りたいな。

俺は近い将来、○ＫＢとかが流行《はや》るのを知ってるからね。

「ふうん。上と掛け合ってもいいけど、いい子がいればウチで引き抜くわよ」

「いいですよ。本人が望むなら」

俺は半分本気で言った。ママンから斡旋《あっせん》してもらう予定の子たちは、基本兵士にするつもりだが、それしか生きる道がないのもかわいそうだ。芸能界でやっていける実力があるなら、そういう道を選ばせてやってもいい。もちろん、ママンに払った金を取り戻すくらいの恩は返してもらうけどね。

「引き抜かれない自信がありそうね？　ふう。とにかく、子役ばかりが注目を集めて、肝心の小百合が空気なんてことにならないようにしなきゃ」

「そうはならないでしょう。小百合さんと俺たちでは、スター性が違う」

「当たり前じゃない。冗談で言っただけ」

今度は佐久間さんが胸を張る番だった。

「——そろそろ、始まりますね」

「ええ」

俺たちは、口を噤《つぐ》む。

現場の空気が一気に張りつめる。

「それでは、撮影はじめまーす！　5、4、3、2、1」

「昔もこうやって、二人で歩いたよね。この道」

制服姿の小百合ちゃんが懐《なつ》かしそうに言う。

「鬼ごっこの後？」

イケメン俳優がクールに言った。

「うん。二人で駄菓子を買おうとして、私は五円。君は十円しか持ってなくて。覚えてる？」

「覚えてる。俺が買ったうまか棒、二人で分けたよな」

「そう。二人で半分こ」

「いや、君の方が大きい方を持っていったよ」

「そうだっけ？　でも、私は五円をお賽銭《さいせん》にしたんだから、いいじゃない。結局、あなたのお家《うち》のものになるんでしょ」

「そうだな。でも、多分、神頼みなんか効果はないよ」

「それ、神社の息子が言うセリフ？」

「だって、色んな人が願っても、商店街はこの有様《ありさま》だし」

「うん。すっかりガラガラになっちゃったね。あの駄菓子屋も、もうないもん。今も、私たち以外、誰もいない。寂しいね……」

「いや、案外悪くないかもな」

「どうして?」

「だって、手を繋《つな》いでも恥ずかしくない」

イケメン俳優が小百合ちゃんの手を握ろうとした、その瞬間――

「おう! おう! おう! うるせーな! 誰の地元で商売しとんじゃい! こら! 賽蛾《さいが》組に話通しとんのかい! ワレぇ!」

突如、ダミ声と共に、ガラシャツ兄ちゃんたちがカットイン!

(あれれー? おかしいなー。ヤクザをフルボッコにするシーンはまだ先のはずだぞー?)

「ここは昔から賽蛾組のシマじゃい!」

「おらおら、撮影したいなら誠意見せんかい!」

暴れる、騒ぐ、壊す!

テンプレチンピラムーブで、三下たちがイキリまくる。

「ねぇ、あいつら、殺していいんでしょぉ?」

「そんなことより、みんなの安全の確保が先!」

俺は、舌なめずりするアイちゃんを制して、いい子ちゃんムーブをかます。

「さあ、監督、演者さんたちも、下がってください！　警備員の方は、見学者の避難誘導を！」

俺はそう叫びながら、内心、大いに歓喜していた。

(待ってたぜぇ！　この時をよぉ！)

ようやく、向こうから仕掛けてきてくれた！　これで大手を振って、地元ヤクザさんを討伐できるぞ！

ぶっちゃけ、戦力的には、ママンから金で兵隊を雇えばもっと早くに決着をつけられた。

でも、敢《あ》えてそうしなかった。

なぜかって？

いくら相手がヤクザだからといって、何の被害も受けてないのにこっちから手を出したら、俺が暴力大好き人間みたいになるだろ？

こっそり闇討ちするって言っても、状況証拠的に、俺がやったってことはモロバレだし。

そういう卑怯《ひきょう》な振る舞いは、『主人公』っぽくないからね。我慢してたという訳だ。

もちろん、ただ手をこまねいていた訳ではない。奴《やつ》らの権益である公共事業の入札とか、廃棄物処理事業とかにはちょっかいかけて、ヘイトを溜《た》めることは忘れていない。

いわゆる、誘い受けってやつ？

今回の件も、不穏な動きがあることは事前に察知していた。

アイちゃんがいれば余裕で何とかなるとは思うけど、今も野次馬に紛れさせる形で、ママンのエージェントも仕込んでる。対策は万全だ。

「……全く、どこでもこういう輩《やから》はいるものね」

避難してきた小百合《さゆり》ちゃんの肩を守るように抱きながら、佐久間さんが呟《つぶや》く。

「さすが芸能界だけあって、お詳しそうですね」

「最近はそういうのもあまりなくなってきたわよ——とも言いきれないか」

俺の軽口に、佐久間さんが肩をすくめた。

「私たちはただいい映画を撮りたいだけなのに、どうしてこんなことを……」

小百合ちゃんがヤクザたちに軽蔑の視線を向ける。

「ぷひゃひゃー！　ゆーくんー、どうしよー。怖いよー」

「ゆうくん……」

震えて俺に寄り添ってくるぷひ子とみかちゃん。

気持ちはわかる。でも、俺的には君たちを攻略するよりは全然怖くないんだな、これが。

みかちゃんの本編ブチ切れモードだとヤクザさんとか歩く血液パック扱いで、三時のオヤツ代わりだしね。

「僕、悔しいよ。みんなこんなに一生懸命やってるのに……」

「あのおじちゃんたち嫌い……」

香と妹ちゃんも嫌悪《けんお》感をにじませて言う。

これで、ヒロインたちや周囲の方々の脳裏に、ヤクザは悪い奴ということが刻み込まれたので、こっちがやり返す大義名分ができたという訳だ。

やっぱり戦争で大事なのは建前だぜ！

「おらあ！　どうした！　だんまりしてんじゃねえぞ！」

「責任者出てこんかい！」

ヤクザたちが肩をいからせて叫ぶ。

「──ふう。私ですか……。実記シリーズの時代を思い出しますねえ……」

白山監督は、全く動じることなく立ち上がった。

ありがたいけど、ここはギャルゲー的には主人公の見せ場だ。

「いえいえ、監督。責任者は、一応、プロデューサー兼、出資者の俺だと思います」

俺は一歩進み出る。ヤクザの目的は基本的にお金であるので、雇われの監督を脅しても意味がない。現にヤクザたちがこっちガン見してきてるし。

ヤクザさん的には、大勢の前で俺をやりこめて面子《メンツ》を潰して、映画を中止に追い込んで、地元での権勢を維持できればベスト。それが無理でも、協力金という形で揺すってマウント取るのが勝利ラインってとこかな。

「おう。ガキ。いくらママのおっぱいが美味《うま》いからっていつまでも吸うとったらあかんぞ。そろそろ、乳離れせんかい！　ペッ」

ヤクザは小馬鹿にしたように言って、俺に唾を吐きかけてきた。

俺は一歩引いてかわす。

腹パンしてこないだけ、ヤクザさんも一応、子ども相手だから手加減してるのかもしれない。

っていうか、ヤクザさんたちは、ママンが色んな金稼ぎの首謀者だと思ってるんだね。

まあ、当たらずも遠からずだし、常識的に考えて、俺みたいな小学生がガチで全部考えてると思う方が不自然だ。

実際、ママンは、裏の仕事だけじゃなく、合法的な表の事業でも名を馳《は》せた実業家だもん。

でも、このヤクザさんたちはスキュラのことは知らないみたい。まあ、知ってたら手を出してこないだろうしね。

所詮はヤクザって言っても、田舎も田舎の下部団体だもの。情報網もショボいもんだ。

これが東京都心の上級ヤクザとかになると、話は違ってくるんだけど。

「生憎《あいにく》、離れるもなにも、俺は一度も母さんの乳を飲んだことはないですよ」

俺はヤクザさんたちに微笑《ほほえ》んで言う。

「その代わりに今はスネしゃぶっとるやないけ」

「そうじゃのう。ガキやと思うて大目に見とったら、随分好き勝手やっとるみたいやなあ」

ヤクザズは俺を左右から睨《にら》みつけてくる。

「なんのことでしょう」

俺はとぼけて首を傾《かし》げる。

「工場の誘致も、庁舎の改築も、全部ワシらの組が進めてきた話やぞ。それを後から割り込むなんて勝手が許されると思っとんのかい！」

「よくわかりません。競争入札は法律で決められた正式な手続きですよね」

「そういう話しとるんとちゃうやろがい！　ワシらは人としての誠意の話をしとるんやがい！」

「あんまり舐《な》めとったら、痛い目みるで」

「そんなことおっしゃっても、俺は地域の振興のために尽力しているだけなので」

俺は肩をすくめた。

「必要ないけ。江戸の昔から、ここは賽蛾組が仕切って盛り立ててきとんじゃけ！」

「余計なことしくさってからに！」

ガン！　と、ヤクザたちが錆《さ》びたシャッターを蹴飛ばしてすごむ。

盛り立ててって、その果てがシャッター商店街なんですけど！　あんたら放っておくと、地元の禁忌無視の無茶工事のせいでいらんものが掘り起こされてヤバフラグが立つんですけど！

「そうですか。では、地域を想《おも》うもの同士、仲良くしましょう。誤解があるようですけど、俺は賽蛾組の皆さんに、『誠意』を見せてもいいと思ってますよ」

「ほう。殊勝なガキやな。ほな、とりあえず、入札分の誠意を見せてもらおか」

「今からうちの事務所に来いや」

「行っても構いませんが、時間の無駄になります。俺に最終決定権はないので、母と相談させてください。もっとも、長くはお待たせしませんよ。明日中に『ご挨拶』に伺いますから」

俺はヤクザたちを真っ向から見返して言った。

「……まあ、そういうことならええやろ。その言葉、忘れんなや」

「もし舐めた態度とったら、今度はもっと大勢で遊びに来るきぃなあ！」

ヤクザたちはそれだけ言うと、踵《きびす》を返し、肩で風を切って、去っていった。

「さあ！　皆さん、ご心配おかけしました！　トラブルは解決しましたので、ご安心ください」

俺は空気を変えるように手を叩《たた》き、努めて明るい声で言った。

「祐樹《ゆうき》くん……」

俺に近づいてきた監督が、何とも言えない表情で肩を叩いてくる。

「白山監督、安心してください。撮影スケジュールには影響が出ないように、ちゃんとカタをつけてきますから。――監督は、このくらいで映画撮影を諦めたりしませんよね？」

俺はわざと注目を集めるように、周りに聞こえるような大声で言った。

この監督なら周りを鼓舞するようなことを言ってくれると期待して。

「もちろんですよ。私も、私のスタッフも、この程度で弱気になるようなヤワな人間ではありません！　私はあなたの映画作りへの情熱に心打たれました。命に替えても、この映画を完成させる所存です」

果たして監督は、俺の期待通りの答えをしてくれた。監督にここまで言われたら、内心ビビってるスタッフもやらざるを得ないだろう。

撮影現場に、静かな闘志がみなぎるのがわかる。

「よくぞ言ってくれました！　最高の映画を作りましょう！」

俺と監督はがっつり握手をかわした。

「──佐久間《さくま》さん。私、初めての映画がこの現場で、本当によかったです」

「そうねえ。でも、これが当たり前だと思うと、他の現場でがっかりしちゃいそうね」

「ぷふー！　ゆーくん、かっこいいー」

「男の子って、熱いわね……」

「言葉は──表現は、剣よりも強いということを、野蛮人に証明しましょう」

「僕も、大したことはできないけど、最後まで付き合うよ！」

「渚《なぎさ》もいっしょー！」

俺に向けられるヒロインたちからの尊敬の眼差《まなざ》し。

ここは、主人公の面目躍如といったところか。

「よかった！　皆さんのご協力に感謝します！　では、演者の皆さんはしばらく休憩にして、セットが直ったら、撮影を再開してください！」

俺は熱気冷めやらぬ内にそう宣言する。

慌ただしく動き始める現場。

俺は邪魔にならないように、隅の方へと移動する。

「――それで、祐樹くん」

「ああ、監督、まだ何か」

「――いえ、その、せっかくですから、あなたが暴力団の事務所に交渉に向かうところ、撮らせてもらえませんかねえ」

白山監督は、なぜか照れくさそうに頭を掻《か》きながら、俺の耳元で囁《ささや》いた。

その瞳には、静かな狂気が宿っている。

いや、いきなり、何言い始めたのこの人。やけに大御所がCVを担当しがちなエロゲのサブキャラ男以上に個性が強い！

「えっと、いや、あの、普通に交渉に行くだけですよ？　この映画に使えるような切った張ったのシーンは撮れませんから、無意味です」

俺も小声で返す。

「やめましょう、嘘《うそ》は。あなたの目には、鳩《はと》ではなく、鷹《たか》が宿っている。ただお金を払って終わり、ということはないでしょう」

わかるの？

名監督ってスゲー。これが人間観察眼ってやつ？

「……そうですね。もちろん、相手が相手だけに、丸腰では交渉には行かないですよ。ただ言いなりになるだけだと、死ぬまで搾取《さくしゅ》され続けるんで、それなりに踏ん張るつもりです。場合によっては、血を見るかもしれません。ですが、たとえどのような展開になろうと、俺が行く交渉シーン、映画には使えませんよ。言うまでもなく、様々な法に抵触する上に、色んな機密もあります。いくら監督でも、そこは譲れません。無茶して映画が公開中止になったりすれば、元も子もないでしょう?」

俺は淡々と筋道立てて言った。

理屈のわからない人じゃないし、これで納得してくれるよね。

「シーンの使える使えないは、後の編集次第でどうにでもなります。とにかく、私は撮りたい。撮らなければいけない。映画監督歴四十年の勘が、そう言ってるんです」

急に勘とか言い始めたよこの人。

さっきまではロジハラおじさんだったじゃん。いきなりパッションキャラになられても困るよ。いや、いきなりじゃないか。白山監督の映画魂に火をつけたのは俺だ。

うーん。無理に断るとやる気なくしそうだなー、この監督。一度決めたら譲らなそうだし。

「ですが、本当に危ないですよ。文字通り命の危険があります」

「先ほど私はこの映画に命をかけると言いました。私を、嘘つきにしないでください」

「……わかりました。でも、連れていけるのは最低限の人数だけです。くれぐれも、内密に」

「もちろんです。こう見えて、私は潜入ルポ系の映画も撮ってましてね。その辺りの配慮はご安心ください」

白山監督は静かに呟《つぶや》いて、何事もなかったかのように元の監督席に戻っていく。

「ふふふ、なんだか、おもしろくなってきたわねぇ！　早く殺しに行きましょうよぉ！」

アイちゃんが今にも絶頂を迎えそうな高めの声で話しかけてきた。

「――いや、やっぱり殺しはなしだ。俺もぶっ殺そうと思ってたが、事情が変わった。戦闘現場を撮られるなら、あんまり派手にやり過ぎるとマズい。ヤクザは生きたまま無力化する」

白山監督は気にしないだろうが、18禁グロ現場を俺がこしらえたところが映像として残ると、ヒロインたちの好感度が下がる可能性がある。

「はぁ!?　もう殺しの身体《からだ》になっちゃってるんですけどぉ？　このアタシの火照《ほて》りぃ、どうしてくれる訳ぇ？」

そんな今日は『ラーメンの口になっちゃってる』みたいなこと言われても知らんし。

「落ち着け。今から、雑魚《ざこ》ヤクザを殺すよりも感じるところに連れていってやるから。アイとの約束を果たす。お望み通り、強くしてやるよ」

言うまでもなく、ただ殺すよりも、生きたまま無力化する方が難しい。殺すだけなら今のアイちゃんで良かったが、無力化なら、念のために彼女を強化しておいた方が安心だ。

「大きく出たわねぇ！　アタシの楽しみを奪うっていうくらいならぁ、相応のモノなんでしょうねぇ！　もし、これ以上ふざけたことするんならぁ――」

アイちゃんが俺の両腕をガッチリ摑《つか》んで犬歯を剝《む》き出しにする。

イタタタタタ。力強っ。

これ後で見たら青痣《あおあざ》になってるやつや！

「かなり自信はある。でも、マジでキツいぞ？」

「誰にもの言ってるのぉ？　そんなの余裕に決まってるでしょぉ？　痛いくらいが、気持ちいいのよぉ!?」

アイちゃんがアヘアヘ笑って言った。

（よしっ。なら、アイちゃんを早速ご招待しよう。超スパルタ式ユウキズブートキャンプへ！）

俺は夕飯を済ませ、風呂《ふろ》にも入り、就寝――するフリして、アイちゃんをこっそり自室に招いた。

「そ、その兎《うさぎ》、な、なによぉ。なんか、とってもヤバイオーラを感じるわぁ」

風呂上がりで肌をちょっぴり紅潮させたアイちゃんは、俺の腕の中に収まる黒兎を見て、警戒感をにじませる。

さすがいい勘してるぅ。

「そういやアイは会うの初めてだっけ？　大丈夫、大丈夫。噛《か》み付きは——するけど、こいつ基本的には味方だから」

「ぴょいー」

クロウサが片手を挙げて挨拶する。

「ま、まさか、そいつと戦えって言うのぉー？」

お、アイちゃんが珍しく尻込みしてる。狂犬に見えて、戦力の彼我はきちんとはかれるタイプなんだよね。ちょっと小者っぽいけど、俺はそんなアイちゃんが好きだよ。

「いやいや、そんな訳ないじゃん。俺はそこまでひどい奴《やつ》じゃないよ」

俺は首を横に振った。

つーか、クロウサがあんまり巫女《みこ》の血吸って、生贄《いけにえ》パワー集めると、最終的に人化するし。俺からこのもふもふの喜びを奪わないでくれ。

「じゃあ、なによぉ」

「うん。説明する前に、とりあえず、手、出して？」

　訳がわからないというような顔で手を差し出してきたアイちゃんと、俺は片手を繋《つな》ぐ。あったかい、というより熱いレベルだ。彼女の基礎代謝は常人の域を超えている。

「じゃあ、跳ぶよー。――やってくれ」

　俺は足下のアタッシェケースの蓋を蹴り開ける。中から諭吉の束が顔を覗《のぞ》かせた。

「ぴょいー！」

　クロウサが諭吉を代償にチートを発動する。本編では血やら寿命やらを捧《ささ》げるパターンの方が多いから、クロウサを便利な空飛ぶタクシー代わりにしてるのをくもソラのライターが知ったら、ブチ切れられそうだなー。

「ちょっ――」

　アイちゃんが何か言う前に、俺たちの身体は光に包まれた。

「はい。到着！　朝日が眩《まぶ》しいね！」

　とある山の中腹に立った俺は、昇りくる太陽に目を細める。

「い、いきなり何すんのよぉ！　っていうか、ここどこよぉ！」

アイちゃんが狼狽《ろうばい》したように言った。

本能か、教育によるものか、岩肌を背にして、周囲を警戒する。

「中央メキシコ。古代アステカ文明の遺跡だよ。時差の関係でこっちは早朝だね」

俺は遠景を見遣《みや》って微笑《ほほえ》む。辺りには荒涼とした砂漠が延々と広がっている。

「遺跡ぃ？　あんた舐《な》めてんのぉ！　アタシは強くなりたいのよぉ！　観光なんてしてる場合じゃないわぁ！」

アイちゃんが、クロウサがいなかったら今にでも俺の首を捻《ひね》りそうな勢いで睨《にら》んでくる。

「それがしてる場合なんだなぁ。それぞれの人間には、適合する神話のアーキタイプがあるんだけど、スキュラで研究しているやつは、微妙にアイに合ってないと思うんだよね。太陽崇拝という意味では、アマテラスとアステカの太陽崇拝には共通点があるから、アイも途中までは母の研究に耐えられたんだよ。でも、完全適合者ではないから、ヒドラになるまでには至らなかった。でも、ここにある施設なら、アイにぴったりだと思うんだ」

俺はめっちゃ早口で言った。

「理屈はどうでもいいのよぉ！　アタシの敵はどこよぉ！　早く殺させなさいよぉ！」

「もう、アイはせっかちだなあ……兎、よろしく」

「ぴょいー」

クロウサは岩肌にタッチする。それから動画サイトに投稿したらかなり再生数が稼げそうなキュートなウサギダンスを披露した。これは一応、神楽《かぐら》的なアレです。

「んで、解除キーっと」

俺はそこらにあった石を拾うと、壁面にケツァルコアトル的な印章を刻む。

二重ロックが解除され、ガガガガガガと重々しい音を立てて、岩肌が横に開いた。

内部の壁面は、古代の遺跡には似つかわしくない、メタリックな色彩をしている。

「──うふふ、感じる。感じるわぁ。『いる』わね？　ああ、どうせなら、もっとちゃんと武器を準備してくればよかったわぁ！」

アイちゃんの身体がブワッと熱気を放つ。

ピンク色の髪がその赤みを強くした。

紅縞瑪瑙《サードニクス》のコードネーム通り、磁器人形のような肌にも、赤の竜紋が浮かぶ。ペロリと舌なめずりするその姿は、小型の竜か、火トカゲ《サラマンダー》のようにも見えた。

あんまり近くにいると、焼き尽くされかねないので、俺は彼女と距離を取る。

(うーん、この炎属性、メロンパンとか好きそう)

ちょうどシャナとか流行《はや》ってた時期だったからね。

ちなみに、ライバルのソフィアは氷属性である。

わかりやすーい。

「武器は必要ないよ。この先は精神世界だから、物理攻撃はあんま意味ないから。想像力と根性で戦って——とにかく、死なないで戻ってきてよ」

「はははははははー！　キルキルキルキルキルキルキルキルキルキルぅー！」

俺のアドバイスが聞こえているのかいないのか、アイちゃんが遺跡の内部へと一目散に駆けていった。

彼女が中に入ると同時に、遺跡の扉が閉まっていく。

パパンが見たらウレションしそうな光景だけど、まだ教えてあげる訳にはいかない。

もし教えたら、パパンが世界の深淵《しんえん》へと迫り、最初からクライマックスなハザードが世界を襲ってしまうのだから。

「はあ。じゃあ、俺たちは休憩でもするか。——ジャーキー食う？」

俺は半ズボンのポケットに入れていた、牛肉のジャーキーを取り出した。

「ぴょいー」

クロウサがガジガジジャーキーをかじり始める。

「ああ、それから、アレ、持ってきてくれたか？」

「ぴょい」

クロウサが謎時空からキンキンに冷えたコーラを取り出す。

「おうこれこれ、メキシコって言ったら、やっぱり、コーラだよな」

コーラとジャーキー。相性はばつぐんだ！

「ぴょいぴょい」

「おっ、お前も飲む？」

「ぴょい！」

俺がコーラのペットボトルを差し出すと、クロウサは器用に後ろ脚だけで立ち上がり、前脚でコーラのボトルを掴んでゴクゴク飲んだ。

「アイのやつ、どこまで行けるかな。第三試練まで突破すれば、炎系の能力が大きく強化されるから、そこまでは行って欲しいんだが」

アステカの神話には、五つの太陽の伝説がある。世界はすでに四回滅亡しており、現在は五つ目の太陽の世界だそうだ。それになぞらえて、試練も五つの段階がある。

「ぴょい」

クロウサは早くも二本目のジャーキーをかじりながら、後ろ脚で地面を掻《か》く。

3＝○

4＝×。

「やっぱお前もそう思う？　第四試練のボスは水系だから相性不利だよな」

「ぴょいぴょい」

そんな感じで俺とクロウサはコーラを回し飲みしながら、談笑にふける。

（まあ、『はて星』だと、パンピーでも第一試練は突破できるレベルだし、少なくとも第二試練までは余裕だろ）

今回、俺が利用したのは、完結作である第三シリーズ、『はて星』のギミックだ。本作ではスケールが一気に大きくなって、地球規模で宇宙から来る侵略者と戦う話になる。まあ、ぶっちゃけていえば、マブラ○的なアレだ。そもそも、くもソラで出てくる色んな神々も実は別の宇宙から来た高次元存在で――などという設定が展開されるが、そんなことはどうでもよく、今、重要なのは、第三シリーズ中で、侵略者に対抗するため、地球の市民全てをパワーアップするイベントがあるということである。強い者はより強く、弱い者もそれなりになるイベントを、俺は限定解除して先取りしようという訳だ。

もちろん、世界各地に神話の遺跡がある訳だが、勘で選んだ訳ではなく、アイちゃんが遺伝子的にこっちのルーツだということも確認した上で、心理テストでも適合を確認している。

まあ、生贄《いけにえ》マシマシ系のアステカの文化が、彼女に合ってることは自明だから、ここまでしなくてもよかったんだけど、念には念を入れたという訳だ。

……。

……。

やがて、一時間ほど経《た》った頃だろうか。

「えっ、マジ、アマノウズメってそうなのー？　さすがの俺でもそれは引くわー」

「ぴょぴょぴょ！」

神話の裏を知るクロウサとの対話が盛り上がり、猥談《わいだん》へと進んだ頃。

ガガガガガガと、再び岩肌が開いた。

「……」

無表情のアイちゃんが、フラフラと遺跡から出てくる。

バタン、と倒れ込んでくるその身体《からだ》を、俺は支えた。

彼女は力を使い果たしたらしく、その髪も肌も今は普通の色に戻っている。

現実時間ではたかだか一時間だが、精神世界における体感時間では、何カ月か、下手したら数年が経過している可能性もあった。当然、疲労も相当なものだろう。

「……大丈夫か？」

俺は飲みかけの二本目の飲み物――ドク○ーペッパーをアイちゃんに差し出して言う。

「とおおおおおおっても楽しかったわぁ！　巨人とか、ジャガーとか、クソ大きな鳥とか、いっぱい出てくるのよおおおおぉ！」

著作権に厳しいネズミランドに行った後の少女のように、アイちゃんが恍惚《こうこつ》とした表情で言った。ゴクゴクゴクと、炭酸をものともせずドクペを一気飲みする。

「まあ、これで、俺が約束を守る男だとわかってもらえたかな？」

「えぇ――男なんて全員雑魚《ざこ》だから、全然興味なかったんだけどぉ、ユウキは別だわぁ！　ねぇ！　ユウキ、もっとあるんでしょ！　ちょうだい！　アタシに力をちょうだい！」

アイちゃんが俺の胸倉を摑《つか》んで揺さぶってくる。

そんなお薬が切れたジャンキーみたいなこと言われても。

「いや、これ以上は力を身体に馴染《なじ》ませてからじゃないと。あんまり急激なパワーアップは危ないよ。つーか、そもそも五つの試練、全部突破できたの？」

「それよぉ！　翡翠《ひすい》のスカートの女に負けたのよぉ！　魚に変えられて、あの楽しい世界からはじき出されたのぉ！　だから、あいつをぶっ殺すために、もっと力が欲しいのよぉ！　ねぇー、お願いぃー。お願いぃー」

アイちゃんは哀切を訴え、俺の胴体にコアラのように抱き着いてきた。

（予想通り、第三試練どまりか……。それでも、現状、世界でも最強クラスの力だな）

つまり、目標には十分に達したということだ。

「これ以上があるかどうかは、アイ次第だよ。俺たちはギブ&テイク。そういう約束だろ？」

「ユウキはイケナイ男ねぇー。そうやって、ジらして、周りにいる女の子をみんなその気にさせてぇー。ハーレムでも作るつもりぃー？」

「そんな意図はないよ。俺はいつでも、大切な人を守るために必要なことをしているだけだ」

「本当にぃー？　──まぁ、今日のところはこれで、我慢しておくわぁー。アタシがユウキのいいワンちゃんになってあげるからぁ、これからもかわいがってよねぇー。マスターぁー？」

そう言うと、アイちゃんは本当の犬みたいに俺の頬をぺろぺろ舐めてきた。

ロリコン大歓喜な状況だが、俺には特にそういった癖はない。むしろ、砂埃《すなぼこり》と唾液で汚れたし、またお風呂《ふろ》入らなきゃなー、などと、若干アイちゃんに失礼なことを考えていた。

翌、日曜日。俺は約束通りに、賽蛾《さいが》組の事務所へと出向いた。

言うまでもなく、俺のお供のかわいい狂犬——アイちゃんと、保険のクロウサもリュックインしてスタンバっている。

なお、撮影は、こちらと賽蛾組との交渉がまとまるまで中止ということで、演者やスタッフたちは休憩している。厳しいスケジュールなので、ちょうどいい息抜きになるかもしれない。

いや、今日は日曜だけに小百合《さゆり》ちゃん目当ての野次馬がさらに増えて、村が異常な熱気に包まれているから、そうでもないかな？

「さて、どんな画《え》が撮れるか、わくわくしますねぇ……」

寡黙なカメラマンを引き連れた白山監督がやってきて、堺雅人《さかいまさと》ばりのにやけ面で言う。

「ご期待に沿えるよう努力はしますが——、彼女まで連れてくるとは聞いていませんでしたよ」

俺は横目で、愛《いと》しの主演女優様を見遣《みや》った。

小百合ちゃんは、セーラー服姿で、ポン刀（模造）を挿した学生鞄《かばん》をきつく抱きしめている。

「いえね。やはり、フィクションを撮るからには、演者がいなければと思いましてね」

「あの、祐樹《ゆうき》くん。やらせてください。もちろん、こうして、一筆したためてきました。

万が一のことがあっても、皆さんにご迷惑をかけないように」

小百合ちゃんが決然とした表情で言う。

ご迷惑をかけないようにって言っても、その万が一があったら、俺は日本一のアイドルを傷つけた戦犯になっちゃうからね？　多分、ファンに殺されるよ。

「この映画にそこまで真剣に取り組んでもらえるのは本当にありがたいんですが……。あの、佐久間《さくま》さんはこのことをご存じで？」

「佐久間さんには黙って出てきました。私、このままじゃ、ダメだと思うんです。監督や祐樹くん、それに、私よりずっと小さな女の子がこれだけ身体を張ろうとしているのに、私だけいつまでも佐久間さんに守られたままでは、今回のヒロインみたいな強い女の子は演じる資格がないんです。だから、もっと、体当たりで演技に臨まないと」

体当たりすぎない？　でも、確かに、本編では、佐久間さんが暴漢に殺されたトラウマを乗り越えることによって、アイドルとしても女優としても一皮向けて、小百合ちゃんは伝説の芸能人として大成するんだよなあ。でも、今はそういう障害はない訳で、彼女は本能的にトラウマイベントの代替物というか、成長イベントを求めているのかもしれない。

（うーん、映画の出資者としては、メイン女優を危険に晒《さら》すのは、リスク高すぎてノー。でも、主人公的には、本気になったヒロインに協力しないのはありえないんだよなあ

（……）

迷うところだが、出資者としての俺と、くもソラの主人公としての俺、どちらの役目が優先されるかといえば、やはり後者だろう。

「──わかりました。そこまでの覚悟があるなら、俺はもう何も言いません。行きましょう」

俺は顔をクッと引き締めて頷《うなず》く。

「ごちゃごちゃうるさいわねぇー。早くしないと置いていくわよぉー？」

せっかちなアイちゃんが脚を貧乏ゆすりさせて言う。

雑魚ヤクザとの戦闘ノルマを早く終わらせたくてイライラしているのだろう。

俺とアイちゃんが先行する形で歩く。

十分も経った頃、俺たちは村の外れにあるヤクザ事務所──というより屋敷《やしき》へと到着した。

「うんうん。中々いいロケーションではないですか」

白山監督は、屋敷の外観を眺めて、満足げに呟《つぶや》く。

高い塀と鉄扉《てっぴ》に守られ、松なんかが生えちゃってる、和風要塞。自称村を守るいいヤクザさんにぴったりのアジトだ。

俺は門扉のインターホンを押した。

「……なんや」

しばらくの間があってから、不機嫌そうな声が返ってきた。

「成瀬《なるせ》祐樹です。お約束通り、『誠意』を見せに来ました」

「そんなことはわかっとるわ。ワレの後ろに金魚の糞《ふん》みたいにくっついとんのはなんやねん」

「いえ、白山監督が、どうせなら、本物の任侠《にんきょう》道を極めた皆さんの映像を撮りたいとおっしゃってまして。地元振興のためにも、映画撮影にご協力ください」

俺は笑顔で答えた。

「アホぬかせ。お前だけで来い」

「そんなことおっしゃらずに。こちらは丸腰の子どもですよ。これくらいの自衛の手段を用意させてもらってもバチは当たらないのでは？　お嫌なら、こちらも別の形でふさわしい『準備』をさせてもらいますが」

俺は両手を挙げて、クルリとその場で一回転して非武装アピールをする。

もし、天下のアイドルと世界的な監督が傷つけられたら、大騒動になる。そうすれば、ショボイ駐在所があるだけのこの田舎にも、本庁から大量の人員がなだれ込んできて本格的な捜査をすることになるだろう。駐在員の一人や二人なら脅しや買収で抱き込むことは容易《たやす》くても、全国規模のニュースになったら、隠蔽は難しいよ——という、俺からの対抗策という設定だ。

まあ、白山監督たちを会談の場に連れてくるには、もっともらしい理由が必要なので、そういうことにした。

「ちっ——まあええわ。入れ！」

鉄扉が重々しい音を立てて開く。

「どうも」

チンピラに軽いボディーチェックをされた後、石畳の通路を通り、俺たちは中へと進んだ。

「いいですねー。素晴らしいですねー。見てください！　この床の木目、それからこの窓ガラス。こういう古い窓ガラスのある邸宅は、意外と貴重なんですよ。小百合さんちょっとそこに立って、シーン37を——」

「おら！　チンタラしとらんとキビキビ歩かんかい！」

白山監督はウキウキでカメラを回す。何度チンピラにドヤされても、全くめげることがない。

肝据わりすぎだろこの人。

俺はアイちゃんの実力を知ってるから落ち着いていられるけど、監督はマジで漠然とした経験と勘だけでついてきてるんだぞ。

やがて、俺たちは応接間のような場所に通された。

まず目に入ったのは額縁。

『人生は賽《さい》の目《め》、飛んで火に入る毒蛾《どくが》にも意地』

達筆の墨文字で書かれた謎のお題目が俺たちを睥睨《へいげい》している。

実は、このお題目がアナグラムのパスワードになっており、みかちゃんルートにおける攻略の鍵だという知識を、今回は使う必要はなさそうだ。

「ちょっと座って待っとれ」

俺は勧められるがままに、革のソファーに座る。アイちゃんは俺の隣に立って控える。

白山監督は、今がチャンス！　とばかりに色んな角度で小百合ちゃんを撮り始めた。

「――どうも、昨日はうちの若い衆《しゅう》がお邪魔したみたいやな。全く、うちのモンは血の気が多くて困るわ」

のっそりと現れた着物姿の親分がテンプレヤクザセリフを吐いて、テーブルを挟んで対面のソファーへと腰かけた。口元には、恫喝《どうかつ》的な笑みが浮かんでいる。

「いえいえ。おかげで、色々と学ばせて頂きました」

俺は涼しい顔で答える。

『中々貫禄《かんろく》があっていいですねー。親分さんのセリフは後からアテレコしましょう。――シーン41、スタート』

『一人で来たわ。だから、返して。彼を』

あっ。なんか後ろで小芝居が始まってる声がする。

シリアスな雰囲気が台無しだけど、スルーしとこ。

「ほう。殊勝なこっちゃ。それで、今日はどないな用件でうちに来たんや？」

親分が、キセルタイプのタバコを取り出す。部下がすかさず火をつけた。

親分も後ろのやつはシカトしてくれるらしい。空気が読めるぅー。

『祐樹くん。ちょっと頭を下げてもらえませんか。画《え》が被《かぶ》ります』

白山監督うるさい。

「ええ。それはもう、これまでの無礼をお詫《わ》びするために、誠意を見せに参りました」

俺は軽く会釈《えしゃく》をした。

もう。これでいいか、監督。

「ほう。そりゃ結構やな。ワシは回りくどいのが嫌いやねん。見せてもらおか。坊ちゃんの誠意ってやつを」

親分はタバコの灰をテーブルの上の灰皿にトントン落としながら言った。

「はい。では、こちらをお納めください」

俺は手提げの紙袋を親分へと差し出す。

『これがあなたの欲しがっていたものでしょう』

小百合ちゃん、俺の行動に合わせてセリフを言うのやめない？　大喜利大会じゃないのよ？

「おい」

親分は顎をしゃくる。配下のチンピラが俺の差し出した紙袋を受け取る。

中身を検《あらた》めたチンピラが、親分に何やら耳打ちした。

「——これが坊ちゃんの誠意か？」

ギョロッと親分の視線が険しくなる。

「ええ。地元の名物のぬばたま団子です。皆さんで召し上がってください」

底に山吹色のお菓子でも入ってると思ったか？

正真正銘、たまちゃんが早起きして丹精込めて作ってくれたただのお団子だよ。

「——もう一度だけ聞くで。ほんまにこれがあんさんの『誠意』っちゅうことでええんやな？」

『まだ足りないの？　どこまで欲《ほっ》するの？　私たちに求めることが許されるのは、この両腕で抱きしめられる分だけなのに』

「ええ、そうです。本当にすみませんでした。長年、地元で営まれていたあなた方に、何らかの形でご挨拶はするべきだということはわかっていたんです。ですが、言い訳させてもらいますと、入札前に地元の業者同士が接触するのは、談合を疑われる可能性があるので、連絡を取ることは控えていたんですよ」

俺はとぼけるように言葉を並べ立てた。

小百合《さゆり》ちゃんと俺とのダブル挑発が見事に決まったぜ！

「なめんなやゴラぁ！」

突如態度を豹変《ひょうへん》させた親分が声を荒らげてテーブルを蹴飛ばす。

ガンッ！　と灰皿が跳ね上がり、俺の足下へと落ちた。

「なめている？　なんのことでしょう。俺は同じ地域で働く者として、こうしてきちんと挨拶をして、誠意を見せました。これ以上、何を望まれますか？」

「誠意っちゅうのはなあ、言葉ちゃう！　金額や！　チンチンに毛が生えとらんお前でも、札束の枚数くらい数えられるやろがい！　おおん!?」

親分がテーブルの上に片足を乗せて、肩をはだける。毒々しい色をした蛾《が》の刺青《いれずみ》が、俺の目に飛び込んできた。

ウホッ。いい身体《からだ》！

『あなたは、臆病なヤマアラシ。針の鋭さを自慢しても、むなしいだけよ』

「お金ですか？　よくわかりません。ビジネスマンにとっての誠意とは、サービスに対してきちんとした対価を支払うことだと思います。あっ、そうだ。本格的に映画の撮影に協力してくださるなら、相応のギャランティーをお支払いしますよ？」

俺は『名案でも思い付いた』とでもいうように手を打った。

無論、煽《あお》りである。気分はさながら、高速の追い越し車線をチンタラ走る軽自動車だぜ！

「ほうか。そうかい！　おんどら、ワシらをおちょくるために来たって訳やな！　ほんなら、こっちも相応の礼をしたらなあかんなぁ！」

ドンッと、奥の扉が開く。

拳銃やら刀やらで武装したチンピラがワラワラと姿を現した。

「──暴力に訴えるおつもりですか？　あなた方の一挙手一投足は、今も撮影されています」

「関係あるかい！　カメラなんぞぶち壊したらしまいや！　それとも、せっかくやから、そっちの小娘でポルノ映画でも撮ったろか！」

親分が下卑た笑みを浮かべて言った。

オヤビンは将来みかちゃんに手を出そうとするスケベおじさんだからね。

「それがあなた方の誠意ですか。では、こちらもそちらのやり方でお付き合いしましょう」

『今この瞬間から、私は鬼も恐れる鬼となる！』

小百合ちゃん！　俺のかっこつけシーンを盗《と》らないで！

「イキりくさって、ガキとジジイがナンボの——」

「ようやくアタシの出番ねぇー！　退屈すぎて寝落ちしそうだったわぁー」

緋色《ひいろ》の閃撃《せんげき》が宙を舞う。

バタバタバタ、と。

親分が啖呵《たんか》を切る前に、部下たちは声もなく床に転がっていた。

「大丈夫？　殺してない？」

「余裕ぅー。貧血で倒れただけよぉー。一応、脚と腕の腱《けん》も切っておいてあげたわぁー」

アイちゃんは長く伸びた爪をペロッと舐《な》めて言った。

どうやら、アイちゃんはこの一瞬で、傷つけて、血を吸って、焼いて止血までやってのけたらしい。

（さすがはケツァルコアトルの爪の切れ味）

アイちゃんの爪は持ち込んだものではなく、パワーアップイベントで手に入れた能力である。今のアイちゃんは、元来の属性の炎に加え、風属性も使えるようになった。総合的には、攻撃力と素早さを備えたいい感じのアタッカーとなっている。

『素晴らしいエフェクトです！　これなら、規制なしでそのまま使えそうですね！　――あっ、小百合さん。せっかくですから、小道具にそこに転がってるヤクザさんの本物の刀を拝借しましょう。あちらの柄の方が使い込んだ感があって良い』

監督が拍手をして言う。ヤクザよりも監督の方がよっぽど怖いよ。

「な、なんなんだお前らぁー！　一体何をした！」

「狩る側から狩られる側になった気分はどぉー？　お・じ・さ・ん」

アイちゃんはメスガキ日本代表のような挑発的な声で言う。その爪が、親分の服を紙吹雪のように散り散りにした。

「ひいっ」

親分が尻もちをついて失禁する。

「さあ、鬼ごっこを始めましょぉ！　早く逃げないとぉー、食べちゃうわよぉ？」

アイちゃんが、『ガオッ』とライオンの真似《まね》をした。

かわいい。かわいいけど――。

「アイ。仕事はきっちり最後まで」

「だってぇ、こんな雑魚《ざこ》共相手なら、もうちょっと抵抗してくれないとつまらないしぃー？」

アイちゃんが、這々《ほうほう》の体で逃げていく親分を一瞥《いちべつ》して言う。

『ええ！　もうちょっと撮れ高が欲しいところです！』

白山監督も叫んだ。

もう。ちょっとみんな頭おかしいゾ？

舐めプは色々良くないフラグが立つからやめて欲しいんだけどなー。

「あああああああああ！」

親分がドアの奥へと逃げていく。彼は頑張って隠し扉やらなんやらを使って時間を稼ごうとするが、アイちゃんの爪が壁ごと全部スッパスパにするから意味をなしていない。テレビ通販もびっくりの切れ味だ。

「あっ、柱斬っちゃったぁ。崩れるわぁー」

「もし小百合ちゃんたちが傷ついたら、二度と夢の国には連れていかないからね」

「もう、わかってるわよぉ、マスタぁー」

半壊する屋敷《やしき》。


ブバァーン！


落ちてくる屋根と倒れ込んでくる壁を、アイちゃんは炎の衝撃波で吹き飛ばす。

『小百合さん！　脚本にはないですが何かセリフを！　アドリブで！』

『赤鬼と黒鬼。どっちになるかくらいは選ばせてあげるわ！』

小百合ちゃん、この状況でも演技してる！　さすがのプロ根性だ。

「くそぉ！　くそぉ！　なんじゃこれは。こんな、こんなことがあってたまるかい！　ワシを、賽蛾《さいが》組を舐めるなああああああ！」

瓦礫《がれき》の破片にでも当たったのか、額から血を流した親分はダンプカーの運転席へと飛び込む。

うなるエンジン。煙る排気ガス。灯《とも》るフロントライト。

ヤケクソ親分の駆るトラックが、『プオオオオオオオオンッ』と、クラクション全開でこちらに突っ込んできた。

「鉄屑《てつくず》ごときでアタシを殺すつもりィー？　そもそも人類に鉄を溶かす炎を与えたのは誰だと思ってるのかしらぁー？　うふふふふ。あはははははは！」

アイちゃんは哄笑《こうしょう》しながら、拝むように両手を合わせて、天に掲げた。

迫るダンプカー。

振り下ろされる両腕。

アイちゃんの手からほとばしる熱線が、ダンプカーを両断する。

立ち上る炎。巻き上がる噴煙。

「うわああああああああああああああああああああああああああ！」

親分は転げ落ちるようにトラックから脱出する。

「どこに行くのかしらぁー。血が、血が足りないのよぉー。神様に捧《ささ》げる血がぁー」

結構な火傷《やけど》を負った親分に、躊躇《ちゅうちょ》なく追い打ちをかけるアイちゃん。

親分をボコボコのギッタギッタにしてから、血を致死量ギリギリまで吸い取る。

『小百合さん！　風が吹いてます！　右側なら炎に巻き込まれずに行ける！　トラックの

残骸に足をかけて！　そう！　それです！　それです！』

監督も絶好調。

『セイ・フク・カン』

小百合ちゃんが恍惚《こうこつ》とした表情で、ダンプカーからこぼれた砂利に、ポン刀を突き立てた。

風がセーラー服のスカートをたなびかせる。

（……。さて。ヘリを呼んで、ママン提携の病院に怪我人《けがにん》ヤクザズを運ぶか）

俺は視線をそらし、色々と見なかったフリをして、ガラケーを取り出す。そして、あらかじめ準備していたチャーターヘリに通話をつなぐ。エージェントとあれこれ段取りをつけていたその時――

「さ、賽蛾組はもうしまいや。せ、せやけどな、ワシかて一角《ひとかど》の極道や。このままただで済むと思うなよ」

俺は吃驚《きっきょう》して、声のした方に再び視線を戻した。

親分が地面にうつ伏せに倒れ、擦《かす》れた声で言う。

その背中の上には、アイちゃんが土足で乗っかっていた。

え、っていうか、ちょっと。何で親分がまだ喋《しゃべ》れる状態にあるの？

アイちゃん、ちゃんとトドメは刺そうよ！

「へぇ。まだ何か奥の手があるって訳ぇ？　やれるもんならやってみなさいよぉ」

アイちゃんは煽るように言って、手の爪で親分の背中を引っかき、うんこの形の傷をこしらえている。

まるで小鳥を殺す前にいたぶって遊ぶ猫のようだ。

「お前ら！　カチコミじゃ！　誰でもええ！　今、外のシマの見回りに出とる賽蛾組は、近くにおる村の関係者を殺《や》れ！　女も子どもも誰彼構わずや！」

親分はアイちゃんに脚の腱を切られたのか、下半身を動かすことができない。

その右手は火傷で赤黒く変色している。

それでも辛《かろ》うじて無事な左手を懐《ふところ》に突っ込むと、取り出したＰＨＳに叫び散らす。

「ふぅん。それがあんたの復讐《ふくしゅう》ぅ？」

アイちゃんが冷めたような口調で言う。

「ははは！　そうや！　お前らのせいで無関係の一般人に犠牲が出るんや。これから一生、寝覚めのええ朝はないと思え！」

親分が勝ち誇ったように叫ぶ。

でも、親分の悪あがきは全くの的外れだ。

アイちゃんは基本、『雑魚は死ね』というサバンナの掟《おきて》を信奉しているので、関係ない民間人が死のうが罪悪感など抱くことはない。

「……はぁ、やっぱりヤクザなんてつまんないわねぇ。発想が凡《ぼん》なのよぉ。何が『極』道よぉ」

アイちゃんが溜息《ためいき》をつく。

「な、なんやて？」

「なんでもないわぁ。──アタシ、怖ぃ！　とってもそれは怖いからぁ、つい手が出ちゃってもしょうがないわねぇ！」

アイちゃんはスイッチを切り替えたようなわざとらしい演技口調で言って、親分の股間を執拗《しつよう》に攻撃し始めた。

「アカン！　そこはアカン！　男のまま死なせてくれえええええぇ！」

親分は夏場のコンクリートに飛び出してしまったミミズのようにのたうちまわりながら、断末魔の叫びを上げる。

「怖ぃ！　怖ぃ！　恐怖で何も聞こえなぃ！　アタシは善良な市民だからぁ！　パブリックエネミーは許せないのぉ！」

アイちゃんが全く怖くなさそうに言って、組長の人間としての尊厳を徹底的に打ちのめしてから、最後に後頭部に見事な手刀を叩《たた》き込み、意識を刈り取ってみせる。

これでようやく決着がついた。

一方の俺もチャーターヘリとの調整を終えて通話を切る。

「はあ……。アイ、敵を侮《あなど》ってるといつか痛い目みるよ」

俺はこめかみを押さえて苦言を呈す。

「侮ってないわよぉ。これも戦略ぅ。中途半端《ちゅうとはんぱ》に残党を放置しておく方が危険でしょぉ？　焚《た》きつけて一網打尽にした方が逆に安全なのぉ！」

「一理あるけど、アイはただ暴れ足りないだけだよね」

「別にいいでしょぉ？　結果が出ればぁ」

アイちゃんは髪を自身の人差し指で弄びながら言う。

「それはそうだけど、この村の外に働きに出ている人たちにも、護衛のエージェントはつけてるよ。チンピラ相手にアイが出ていく必要はないんじゃない？」

「でもぉ、つけてる護衛って、エリア単位の配置だから、一人で複数人をカバーする形でしょぉ？　雑魚ヤクザの残党とはいえ、一斉攻撃は想定してないわよねぇ？　しかも、そのアイドル目当ての野次馬が予想以上に多いから、整理に人手をとられてぇ、この村のエージェントを外に回すこともできないんでしょぉ？」

アイちゃんがニヤニヤしながら反論してきた。

その発言の内容は完全に事実だ。

「全部計算ずくとは、恐れいったよ」

俺は嫌味っぽく答えて、肩をすくめる。

アイちゃんは熱くなっているように見えても、戦略的な意味では常に冷静だ。

全く恐ろしい子！

「マスターぁ、そんなにすねないでぇ。マスターはとっても優しいから、80％の安全じゃダメでしょぉ？　１００％じゃなきゃねぇ？　だから忠犬のアタシの出番かと思っただけなのぉ」

アイちゃんは捨てられた子犬のような口調で言う。

もちろん本心じゃないのはわかってるけど、そういう表情もかわいいね！　チクショウ！

「悔しいけど、その通りだよ。一人も村の人に犠牲者は出しちゃダメだ。アイ、確実に被害を防いでくれ——早速、村への車の手配を」

「いらなぁい！　アタシの足の方が速ぃ！」

アイちゃんが崩れた塀の隙間を抜け、目にも留まらぬ速さで駆けていく。

「えっと、色々大変そうですね」

小百合《さゆり》ちゃんが困惑と労《いた》わりが半々の表情でこちらを見つめてくる。

「ははは、まあ、これも仕事の内ですから――監督は、この後、早速撮影を再開されますか？」

俺は、カメラマンと一緒に映像をチェックしている監督に水を向けた。

「――ええ、もちろん！　理想的な画《え》が撮れて、気分が波に乗ってますからね。小百合さんも、先ほどのアドリブの演技で何か摑《つか》めたのではありませんか？」

監督は少年のようなキラキラとした瞳で答える。

「はい！　頭ではなく、感覚で理解したというか、ヒロインのキャラクターが完全に腑《ふ》に落ちた気がします」

小百合ちゃんが流れるような華麗な動きでポン刀を振り回す。

いや、それ、刃引きしてないけど大丈夫？

真剣なのはいいけど、真剣の扱いには注意してくれ。

「素晴らしい。ならば、その感触を忘れない内に撮りましょう！　良《い》い流れを止めてはいけない！」

監督が満足げに頷《うなず》く。

「それでは、よろしくお願いします！　良い映画にしてください」

ちょっと心配なところもあるけど、みんなのやる気に水を差すのはアレなので、俺は無難なことを言って、ヤクザハウスから去っていく監督たちを見送る。

（はあ、大変だったけど、ヤクザフラグが潰せれば、また一つ肩の荷を下ろせるな……）

ここの後処理を終えたら、みかちゃんの淹《い》れてくれたお茶で一服でもしよう。

俺がそんなこんなで一つのフラグを乗り越えた達成感を味わっていたその時——

『プルルルルルル』と、また俺の携帯が震えた。

こんなことをするとバッドエンドだぞ

バッドエンド

【血塗られた余興】

突入条件

- シエルの好感度が一定以上で最終局面まで進行
- ソフィアの好感度が一定以下

シエルの好感度は十分だが、隠しパラメーターであるソフィアの好感度が足りないまま最終局面を迎えた場合、このエンドとなる。主人公とソフィアの連携が十分に取れず、シエルの救出作戦に失敗し、シエルの兄の警備戦力に敗れ、殺される。

被害者《プレイヤー》は語る

シエルルートは、半分、ソフィアルートでもある。『戦う銀髪メイド』という魅力的な属性に、あざといと分かっていても抗えないのが、オタクの本能だよね？

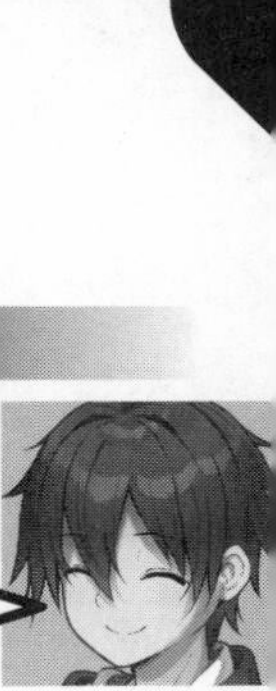

第四章　ヒロインの同時攻略はギャルゲーの華

（おっ、シエルじゃん。緑茶もいいけど、紅茶もいいな）

呑気《のんき》なことを考えながら、通話に応答する。

「もしもし、シエル？　どうした？」

「──突然で申し訳ないのですけれど、ユウキにお願いしたいことがございますの」

シエルが緊迫したトーンで言った。

会話を楽しむタイプの彼女がいきなり本題に入るのは珍しい。

「何か、緊急の事態か？」

のんびり気分をシリアスに切り替えて聞き返す。

「ええ。実はワタクシ、今、異能者に襲われておりまして」

「襲われっ⁉　大丈夫か⁉　怪我《けが》は⁉」

思わず声が上擦る。

なんだその展開。

原作にはないぞ！

「ええ、無事ですわ。ワタクシもソフィアも、今はパニックルームに避難しておりますの。他の使用人は——わかりませんけれど、常日頃から異能者を相手にするような事態になった場合には、戦わずに逃げるように言い含めてあります。無駄な犠牲は出したくありませんもの」

「異能者の敵か。——実家関連での刺客か？」

「ええ。おそらくは……」

「人数は？」

「一人だけのようです。正体はわからないのですけれど、相当の手練《てだ》れであることは間違いありませんわ。ソフィアによれば、彼女をもってしても相討ちか、敗れる程度の相手だと——ユウキ、ソフィアが直接話したいと申しておりますの。よろしくて？」

「もちろんだ。代わってくれ」

「ソフィアだ。御託《ごたく》はいいから、さっさとアイを派遣してくれ。拒否権はないぞ。お前が映画なんかを撮り始めたせいで、野次馬に紛れて刺客が入ってきたんだからな」

なるほど。確かに小百合ちゃんとイケメン俳優目当ての野次馬が多すぎて、村に入ってくる人物を精査しきれていない面はある。原作では特に描写されてない展開なので、もし俺が余計なイベントを開かなければ、シエルたちで事前に察知して対処していた程度の案件なのだろう。それくらいシエルの周りにはバトルがありふれている。

とはいえ――。

「――ごめん。想定が甘かった。でも、それだけ強い異能者なら、アイが察知するはずなんだけどな……」

「敵は隠蔽と潜入に優れた暗殺に特化したタイプの異能者みたいだからな。気配は限りなく一般人に近い。だから、私もかなり近くに来るまで気づけなかった。不覚だ」

ソフィアが悔しそうな声で言った。

「なるほど。――それでパニックルームはどれくらい持つ？　ソフィアは嫌だろうけど、時間的余裕があるなら、母から応援を頼めるかもしれない」

「そんな時間はない。今は私がパニックルームの外に氷壁を張って侵入を防いでいるが、感覚的にもって十分かそこらだ。パニックルームは一応、異能者にも対応した材質を使っているが、電源を断たれているからな……。緊急電源だと耐久時間はあってないようなものだ」

「そうか、それじゃあ増援を呼んでる暇はないな」

「とはいえ、法外に強いという訳でもない。敵はおそらく西欧の異能者だが、スキュラに当てはめていうと、蛭子《ひるこ》より若干弱い程度のクラスだ。つまり、私よりは強いが、私とアイが力を合わせれば確実に勝てる。だから早くしろ」

それはそうだろう。あまりにも力のある能力者なら、隠しても隠し切れないからな。

「……。アイは外に出払ってる。多分、半日は帰ってこない。ちょうど間が悪かった」

俺は声のトーンを落として言う。

「なに⁉　クソッ、こんな時に限って！　やはりお前の一族は私とお嬢様に不幸を――」

「失礼致しました。――ソフィアはああ申しましたけど、ワタクシは決してユウキを恨んだりはしませんわ。自分の身は自分で守るのが、貴族ですもの。それでは、ごめんあそばせ」

絶望的な声で叫ぶソフィアを遮るように、再びシエルの声が聞こえた。

再び電話を代わったのだろう。

「おいおい。何勝手に変な覚悟を決めてるんだよ。俺が友達を見捨てる訳ないだろう。アイはいないけど――今から助けに行く」

「助けに？　ユウキが？　でも、ユウキには戦闘能力などないのでしょう？」

シエルが驚いたように尋ねてくる。

「直接戦闘能力はないよ。でも、支援はできる」

俺はシエルを不安にさせないように、そう言い切った。

「……そう。ユウキがそう言うのなら、そうなのでしょうね。――では、哀れな囚《とら》われの姫を救ってくださる？　騎士様？」

「喜《イエス》んで《マイ》。《ロード》――だけど、一つ約束してくれ。今から起こることは全部、俺とシエルとソフィアの間だけの秘密だ。他の人間には、たとえ家族であっても明かさないでくれ。そして、何も聞かないで欲しい」

「わかりました。ハンプトン家の名誉にかけて」

シエルが即答する。

通話を切る。

一応、アイちゃんにもかけてみるが、応答がない。

（アイちゃんは野生児だからなー、俺が強く言わないと、携帯も持ちたがらない）

今も携帯を持っていて敢《あ》えて無視しているのか、それともどこかに携帯を放置しているのか。

アイちゃん的には、異能者の中には、電波を感じ取れる奴《やつ》がいるので、鬱陶しいのだそうだ。

（はあ、俺自身でなんとかするしかないか）

頭を振って、気合を入れ直す。

「はあー、ヤクザ屋敷《やしき》乱入前に戻りてー。クロウサなんとかしてくれよ」

俺は背負っていたリュックを前にして、ファスナーを開ける。

「ぴょ、ぴょい、ぴょい」

ぴょこっとリュックから顔を出したクロウサがソロバンを弾《はじ》く。

そこには無慈悲な金額が示されていた。

過去に飛ぶには、今の手持ちの現金では到底足りない。

「だよなー。じゃあ、ひとまず、これでシエルの家のパニックルームの中に移動してくれ。それなら、これで十分だろ。んで、敵を倒す作戦だけど――」

俺は手短にクロウサに作戦を伝えると、リュックの中をまさぐり、札束を提示する。

「ぴょい」

クロウサが頷く。

札束が消え失《う》せると同時に、身体《からだ》が浮遊感に包まれる。

俺が空間移動した先にあったのは、四方を黒い金属の壁に囲まれた無機質な空間だった。

突如出現した俺に、シエルとソフィアが目を丸くする。

「お前、一体どうやって？　空間移動のスキルなんて、ヒドラでも聞いたことがないぞ――」

ソフィアが剣を構えたまま、怪訝《けげん》そうな表情で言う。

「ソフィア、ユウキと約束したばかりでしょう。ワタクシに恥をかかせないでくださいまし」

すぐに平静を取り戻したシエルが、たしなめるように言う。

「はっ。失礼致しました」

ソフィアが頭を下げて、壁にしつらえたモニターを見つめる。

そこには、ソフィアが築いた氷の壁越しに、フードを被《かぶ》った中背の人物が不気味に佇《たたず》む姿が映し出されていた。

「それで？　ワタクシたちはどのように振る舞えばよろしくて？」

「時間がないから、単刀直入に言うけど、俺から提示できる選択肢は二つ。一つ目は、このまま俺と遠くに逃げて時間を稼いで応援を待つ。これが一番確実で安全だ。二つ目は、俺たちで力を合わせて、刺客を倒す。こっちはおすすめしない。勝算は十分にあるけど、100%とはいえないから。どっちを選ぶかは、シエルに任せるよ」

俺は早口気味に言った。

「それならば、答えは決まってますわ。暗殺者ごときに後れを取ったとなれば、家の名折れ。不埒《ふらち》者には我が家に土足で踏み入った無礼の代償を、きっちりと支払って頂きますわ」

やっぱりそうなるよなあ。

シエルは誇り高き貴族だからね！

まあ、ヤバくなったら問答無用でエスケープするけど、なるたけヒロインの願いを叶《かな》えるのが主人公の務めだ。

「土足で踏み入ったという意味では、俺も同じだけどいいの？」

「あら、乙女には無謀な求愛をしてきた殿方を、ロミオか、それとも叩《たた》き潰すべき羽虫か、一方的に認定する権利がありますの。ご存じなくて？」

シエルがいつもの気取った調子で答える。

ちょっとは緊張が解けたかな？

っていうか、敵も能力者なら、多分女性だけどね。

「確かに、このまま逃げるのも癪《しゃく》だが……。本当に勝てるのか？」

「力量差がありすぎるなら無理だけど、蛭子とヒドラくらいの絶望的な格差はないんだろ？」

「そうだな。ここに逃げ込む前に二、三合打ち合った感覚だと、若干格上だが、全く歯が立たないというほどではない。持久戦になれば競《せ》り負けるとは思うが」

「そう。じゃあ、例えば、敵の移動速度が半分になったら勝てる?」

「もちろん、勝てるに決まってるが、そんなこと可能なのか?」

「ぶっちゃけ、ご存じの通り、俺はほぼ無能力者に近いから、キツいんだけどね。なんとかやってみるよ。異能というより、マジックに近い詐術だけどね」

俺はリュックを床に下ろし、一時期ラノベ界隈《かいわい》を席巻《せっけん》した、無能力者の頭脳系主人公ごときキメ顔でそう言った。

もちろん嘘《うそ》である。

ごめんね騙《だま》して。

でも、いくらシエルが秘密を守ると約束してくれたとはいえ、クロウサのネタは明かせないので、ハッタリをかますしかない。

「……胡散臭《うさんくさ》いところもあるが、お前がアイを救ったのは事実だ。私はその実績を信用する」

ソフィアが長めの瞬《まばた》きをして、そう呟《つぶや》く。

「ありがとう。じゃあ、早速始めようか?」

「十秒後に扉を開く。合わせろ」

「わかった」

俺とソフィアは顔を見合わせ、頷《うなず》き合う。
10、9、8、7――。
三人で声を合わせてカウントする。

ゼロになった瞬間、シエルが壁のボタンを押した。

継ぎ目のない壁の自動扉が、横に開く。

ソフィアが外に飛び出した。

俺は、マジシャンみたいに、パチンと指を鳴らす。

特に意味はない。

ただの演出だ。

――やがて、金属同士が激しくぶつかり合う、耳が痛くなるほどの高い音がこちらまで届く。

「すごい……。本当にソフィアが押していますわ」

シエルがモニターを見つめて、驚きの声を上げる。

俺がクロウサに伝えた作戦は至って単純。

敵を常時、〇・五秒前にいた位置に戻す。

ただそれだけだ。

これは時間の移動ではなく、あくまで空間の移動であり、しかも短距離だから、コストが低い。

もちろん、もっと派手にやることもできるが、俺があんまり強すぎても不自然だから、適度な能力の調整を考えた結果、こうなった。

(敵も中々やるな)

俺のクロウサチートを喰《く》らっても、敵は大崩れはしなかった。

ソフィアの攻撃でダメージを負いながらも致命傷は避けているあたり、それなりの手練《てだ》れなのだろう。

だが、それも時間の問題だ。

十分かそこらもあれば、片はつくはずだ。

(うーん、とはいえ、やっぱり俺がこのままノーリスクで棒立ちしていると不自然か?)

「くっ!」

俺は苦悶《くもん》の声を漏らし、厨二《ちゅうに》っぽく顔を右手で押さえ、床に膝をつく。

「ユウキ! しっかりしてくださいまし!」

「ははは、王子様みたいにかっこよくはいかないな。でも、俺、お姫様のために犠牲になるしがない従者の役も、結構おいしいと思うんだ」

「ユウキ……」
シエルが瞳を潤ませて、優しく俺の手を握ってくる。
彼女はこういうメルヘンチックな物言いが好きなタイプだ。
お兄様の影響だね！
（あああああ、リュクサックがどんどん軽くなっていくうううう）
実際、身体は辛《つら》くないけど、心は痛かった。
秒で俺の金が溶けていく。
諭吉いいいいぃ！
金は命より重くないけど、その次に大切！
いくら稼げるようになっても、金は金。
やっぱり失うのは悲しいっす。
（でも、これでなんとか乗り切れそうだな）
などとほっとしかけたその時、また携帯がブルルルルと震えた。
（あっ、なんかとっても嫌な予感）
「ごめん。シエル。ちょっと、この顔は見せらんない」
俺は泣き笑いのような表情を作ると、やんわりとシエルの手を解《ほど》く。こっそり携帯を取り出し、リュックを開いて、中に腕と首を突っ込む。

つぶらな瞳のクロウサとにらめっこしながら、通話ボタンを押した。

「エージェントGより、緊急連絡。例の常桜の樹《き》に、撮影隊の一行が接近しています」

「え!? なんでですか!?」

Gさん。

彼は危険な鬱フラグスポットに配置していた警備のエージェントの一人だ。

一体どうしたっていうんだ。訳がわからねえ……。

「それが、なにやら、監督らの意向により、タイムカプセルを埋めるシーンのロケーションを急遽《きゅうきょ》変更したいそうでして……」

「えっと、時空の狭間《はざま》にあるユグドラシルの樹に、小百合《さゆり》さんとイケメンが思い出の品を埋めるとこですね。それって後からCGを使って、ファンタジーな感じに仕上げるって話だったと記憶してますが?」

「はい。しかし、実写でCGは逃げだという意見が出て、そこでちょうど、一年中咲いている珍しい桜があるというので、おあつらえ向きということらしく」

Gさんが困惑したように答える。

(あの映画馬鹿どもおおおおおおおおおお!)

俺は心の中で慟哭《どうこく》する。

リアルヤクザでいいシーンが撮れたからって調子に乗ってんのか？　お？

（やばいやばいやばい。あの桜の樹の下にはリアル死体が埋まってるのぉ！　しかも祈《いの》ちゃんのフラグ直撃のやつ！　掘っちゃらめぇ！）

桜の樹の下には、三剣《みつるぎ》蓮《れん》が埋まっている。

アレを見ちゃうと祈ちゃんのトラウマになっちゃうのは間違いない。

田舎の闇とバッドエンドフラグがあふれ出ちゃううううううう！

「とりあえず、時間を稼いでおいてください！　すぐそっちに行きます」

俺はそう伝え、通話を切る。

（落ち着け。俺。ここはクロウサに任せておけば問題ないから、リュックごと置いて、監督のところに移動して、俺が説得すればいい。翻意できなくても、時間を稼いでいる間にこっそり死体を消せばそれでいい）

俺は大きく深呼吸して気持ちを落ち着ける。

大丈夫。まだ詰んでない。

全くとんだ厄日だぜ。

なんとかＳＡＮ値を回復させた俺の頭骨を揺らす、携帯のバイブレーション。

「なに？　Gさん？　まだ何か？」

「いえ、エージェントJです。緊急連絡。森の警戒網に反応がありました。人員を配置していない、村の反対側の山道より侵入するつもりのようです。侵入までの時間は、およそ三十分と思われます」

（げっ、あの俺っ娘まだ禁断の虫取りを諦めてなかったのか⁉　もう秋だぞ⁉）

例のヤベー森には常時警備員を置いている。

しかし、それの対象は主に、この村から森に通じる道である。

森は範囲が広すぎるため、全ての場所にまんべんなく完璧な人員を配置するというのは、いくら俺の財力を以《もっ》てしても厳しいのだ。

警備員を配置しているところ以外は、レーダー網とカメラで広域監視しているのだが、今回、翼はそれにひっかかったという訳だ。

「なんで今になって……」

「どうやら、村の人混みを見て、今なら野次馬の人員整理に人手が取られ、警備が薄いと踏んだようで。今、全速力で制止に向かっていますが、間に合うかどうかは微妙なところです」

あの俺っ娘、刺客と同じ思考してんじゃん！

悪ガキってレベルじゃねーぞ！　そんなに毒虫になりてーか！

（ああああああああああ、ピンチマシマシノロイツラメストレスチョモランマああああ！）

心の中で謎の二郎《じろう》風コールが湧き起こる。

翼はアウトドア派の健康優良児なので、携帯なんて文明の利器は持ち合わせていない。

となると、クロウサで飛んで、強引に止めるしかないが、それをすると彼女の俺に対する好感度がガクッと落ちそうだ。なんで森に入ってはいけないのかの理由は説明できないし。

（つまり、監督と祈ちゃんの創作クレイジーコンビを説得しつつ、翼の森への侵入を反感を持たれることなくそれとなく阻止しろとおっしゃる？　三十分以内で？）

これ無理ゲーじゃね？　詰んだ？　詰んだ？

『ははは、おたくには難しかったかな？』と、どこかでギャルゲーの神が俺を嗤《わら》った気がした。

（もう、大金をクロウサに投げて、過去に戻っちゃおうかな）

そんな考えが一瞬、頭をよぎる。

（――だが、本当にそれでいいのか？）

挑戦する前から諦めるのはゲーマー失格ではなかろうか。

最近は、自分で試す前から攻略サイトを閲覧してプレイするギャルゲーマーも多いそうだけど、俺はやっぱり邪道だと思う。キャラクターと製作者の気持ちを考えて、自らの意思で選択肢を選ぶからこそ、ギャルゲーは『ゲーム』なのだ。

俺はその志を忘れたくない。

(二つの鬱フラグを同時に阻止？　――できらあ！　地雷処理班の本気を見せてやる！　俺はとき○モ十二人同時攻略の勲章持ち！　上級ギャルゲーマーを舐《な》めるなよ！)

俺は即座に頭の中でロジックを組み立てていく。

……。

いける。いける、はず。多分。

「報告ありがとうございます、Jさん。引き続き、可能な限りで翼の制止を目指してください」

「かしこまりました」

俺は考えをまとめてから、Jさんとそう言葉を交わして電話を切る。

「クロウサ、俺を今から三十秒後に、監督から百メートルくらい手前のところに送れ。その後は、クロウサはこのまま戦闘を継続して、ソフィアが敵を倒したらすぐにリュックご

と俺のところに戻ってきてくれ」

俺はクロウサと鼻を突き合わせ、視線を交わし合いながら言った。

「ぴょい」

クロウサが頷《うなず》く。

俺はリュックから顔を出す。

それから、自身の胸を押さえて、仰向けに寝転がった。

「……ちょっと、因果律を消費しすぎたみたいだ、な」

俺は適当なセリフと共に、苦しげなうめき声を絞り出す。

「ユウキ！　ワタクシのためにそこまでする必要はありませんわ！　無理せず、逃げましょう」

シエルが俺の肩を抱き、心配そうに言う。

「お、おいおい、シエルらしくないな。一度決めたことを反故《ほご》にするのか？」

不敵に笑ってみせる。

「でも、ワタクシのせいでユウキにもしものことがあったら……」

シエルは言い淀《よど》み、その凛《りん》とした眉を悲痛そうにひそめる。

余計な心配をかけてごめんね。

でも、必要なことだから！

俺は心の中でシエルに謝り倒す。

「大丈夫。まだこれくらいじゃ死なない。ちょっと、『薄く』なるけど、俺はいつでも側《そば》にいるから。ソフィアが勝つまで続けよう」

そう言い残し、俺はキラキラエフェクトを残して、シエルのパニックルームから消えた。

瞬間、視界が切り替わる。

そこは山と堂々と言い切るには低すぎ、丘というには高すぎるくらいの小山。

監督と祈ちゃんの背中が少し遠くに見える。

二人が歩みを進める先には、季節感を無視して咲き誇る、満開の桜があった。

俺はそこから全力疾走して、監督の下へ向かう。

いきなり監督の間近に転移して、急に姿を現したら、さすがに怪しまれるだろうしな。

あと、さすがに天下の名監督に嘘《うそ》演技は見抜かれそうなので、ガチで息せき切って、急いで走ってきた感を出したかったというのもある。

「白山監督ー！　祈ちゃん！　重要シーンのロケーションを変更するって、本当？」

俺は大きく手を振りながら叫び、監督たちに追いつく。

小百合ちゃんはいないみたいだな。

多分、勝手にヤクザ事務所に特攻した件で、佐久間《さくま》さんに説教でもされてるんだろう。

「あ、祐樹《ゆうき》くん」

「おお、君でしたか」

監督と祈ちゃんがこちらを振り向く。

「お疲れ様です。やはり、ロケーションの変更は、ファンタジーにもリアリティを、という趣旨でしょうか」

「――ええ。賽蛾《さいが》組の件が刺激になりましてね。やはり、ファンタジー的演出であったとしても、リアルにこだわるべきだと思いまして」

俺の質問に、監督はにこやかに頷く。

「私が監督の意向を聞き、もっともな意見だと思ったので、常桜を紹介しました。紅葉をバックに満開の桜が咲いているなんて、ちょうどおあつらえ向きだと思いまして」

「ふむ、なるどね……」

俺はそう言いつつ、含みのある口調で言って、目を伏せる。

「あ、やっぱり、まずかったですか？　確かに、常桜周りをいじると、因習にとらわれた年嵩《としかさ》の村人から苦情が出るかもしれませんが」

祈ちゃんが俺の顔を窺《うかが》うように言った。

祈ちゃんは優等生に見えて、創作のためなら対立も恐れないタイプだからなー。

「いや、それは問題ないんだけどね。——なるほど。確かにこの桜は非常に珍しいし、非現実感もあると思う。でも、果たしてこの桜が作品にとって、本当にベストなロケーションかな？」

俺はじっと桜を見つめて言う。

「と言うと？」

祈ちゃんが眼鏡をスチャッと直し、真剣な表情になる。

「桜というのは、非常にナショナリスティックな植物だよね。桜＝日本のイメージがつきすぎている。この作品は地球の存亡に関わるスケールの大きな話なのに、最重要シーンで桜を見せるのは、世界観を狭めることになるのではないかとちょっと思ってね。——すみません、監督。素人《しろうと》が生意気言って」

俺はそれっぽいことを並べ立てる。

スノッブの極み！

「いえいえ、一視聴者の意見こそが大切なのです。——私は、祐樹くんの言うことにも一理あると思いますね。私も、『とりあえず桜を映しておけば盛り上がるだろう』というような、安易な作り方の邦画は嫌いです」

監督が腕組みして考え込む。

「確かに、そう言われてみると、クライマックスシーンだからといって、桜を持ってくるのは少々陳腐かもしれませんね。常に咲いている桜ですと、本来の桜が持つメッセージ性——別離や儚《はかな》く散る命のイメージは薄れますしね。ある意味で、桜の良さが死んでいるとも言えます」

祈《いのり》ちゃんが大きく頷いて言った。

インテリ勢は勝手に深読みしてくれるから助かる。

っていうか、俺は常に咲いている桜もいいと思うなあ。

ダ・カ○ポは名作だし、感動するよ。

でも、今はもちろん、祈ちゃんに全力で同意するんだけどね。

「うん。だから、例えばなんだけど、同じ樹《き》でも、日本では自生しない、異国感のあるのがいいと思うんだ。祈ちゃん、なんかいいのないかな？」

「そうですね。そういうことなら、パッと頭に思い浮かぶのは、バオバブ、でしょうか。あれは異国感どころか、異世界感すらある魅力的な樹です。作中に『星の王子さま』をオマージュしたセリフもありますから、伏線を回収した形にもなります」

祈ちゃんが即答した。

「なるほど、バオバブときましたか！　これ以上ない。ぴったりだ」

監督が興奮気味に言う。

よしよし。

とりあえず桜から意識が離れてくれたな。

「じゃあ、バオバブで決まりで。――そうだ！　どうせだったら、日本にはいないような異国感のある生き物を樹に止まらせたらどうかな。例えば、ヘラクレスオオカブトとか、名前が思い浮かばないけど、すごく大きな蝶《ちょう》とかさ。ほら、元の案だと、ＣＧでファンタジーっぽい生き物を登場させる予定だったじゃん」

俺はさもその場で思いついたかのように言って、会話を誘導する。

「いいですね。アマゾンの熱帯雨林にいるような派手な色使いの蝶とか、七色のオウムとかがいると、さらに雰囲気が高まります」

「ふむふむ。もしそれが実現できれば、クライマックスにふさわしい、豪華なシーンになりそうですね。――ですが、バオバブにしろ、色とりどりの虫や鳥にしろ、今から急に用意できるものとは思えませんが……」

監督が残念そうに呟《つぶや》いた。

彼は歴戦の猛者《もさ》なので、邦画をとりまく現実を嫌というほどわかっているはずだ。

ハリウッド映画とかとは違い、限られた予算と人員をどうにかやりくりして四苦八苦してきたのだろう。

まあ、たとえ予算があったとしても、この短時間でバオバブや南国トロピカル生き物たちを確保するなんて、普通はできないよな。

普通はな。

でも、俺は普通じゃないからな！

「安心してください。それを何とかするのが俺の仕事です！　ついでに、元から生えている常桜と違って、外から持ってくるので、樹を植える場所も自由に選べますよ」

俺は自信満々にそう断言した。

「本当ですか⁉　素晴らしい！　まことに素晴らしい！　では、あの清流にかけられた鉄橋の近くにしましょう！　あそこしかない。今、私の頭の中で完璧な画《え》がひらめきました」

監督が手を叩《たた》いて喜ぶ。

「橋は古来より、あの世とこの世の境界ですからね。時空の狭間《はざま》の表現にふさわしいですね」

「まとまりましたね！　では、準備ができたらこちらから連絡するので、皆さんは休憩していてください！　早速段取りをつけてきます！」

俺は二人に背を向けて、村へと駆けだす。

クロウサ早く帰ってこないかな。

とりあえず、現金を補充しておくか。

「よろしくお願いします！　――いやあ、私も長年監督をやってきましたが、ここまで映画に理解のある出資者には初めて出会いましたよ。本当にこの作品の監督を引き受けて良かった。是非、末永くお付き合いしたいものですね」

「祐樹くんは、私の大切な編集者さんでもありますから、盗《と》らないでくださいね」

「ははは、このような優秀な若者ばかりなら、日本の未来は明るいですね」

和やかな二人の談笑を背に、俺は小山を駆け降りる。

そのまま自宅に舞い戻り、金庫を開けて、ありったけの現金を掻《か》き集めていると、バサッと中空からリュッックサックが落ちてきた。

「ぴょい！」

リュックからクロウサがひょこっと顔を出す。

「おっ。クロウサ。戻ったか。どうだ。敵はばっちり倒したか？」

「ぴょぴょぴょ！」

クロウサが、「当然だろ!」とでも言いたげに、前脚を上げて鳴く。

「それは上々だ! 次はアフリカへ行くぞ! 具体的には、英語が通じて、デカいバオバブが植えてあるとこならどこでもいい」

俺はありったけの金をリュックサックに詰め込みながら、クロウサに命じる。

「ぴょーい!」

クロウサは現金を後ろ脚で跳ね上げて生贄《いけにえ》に捧《ささ》げる。

再び俺の身体《からだ》は浮遊感に包まれた。

サバンナの大地に降り立つ。

こっちは夏の真っただ中なので暑いけど、一々着替えてる暇なんてない!

観光する暇もなく、いい感じのクソデカバオバブ君を見つけたら、後は現地民と直接交渉。

そこの族長っぽい人、金に糸目はつけないから、バオバブは譲ってもらうぜ。

え? 日本円じゃだめ? ランド?

わかったわかった。

両替所に飛んで、諭吉を現地通貨に両替して、その場でトレード成立!

バオバブの樹と、その根がある地下の土ごと空間移動で、俺の村へと舞い戻る。

そのまま、橋の前にバオバブをドーンッと設置。

それが終わったら、今度はトロピカルなフレンズたちの確保だ。

ネットで調べたペットショップにワープ＆ワープ！

札束の暴力で、南国生物を買い集める。

え？　クレカじゃダメかって？

遠距離で、複数の場所で短時間にクレカを使ったら、不正利用を疑われるからダメです！

後はバオバブさんを虫やら鳥やらでデコったら、準備完了。

竹ぼうきを逆さまにしたようなその樹に集う、派手派手しい色と形をした虫と鳥たち。

まるで、サブカルをこじらせた若者が作ったクリスマスツリーのような様相を呈している。

俺はカオスと化したその光景を携帯で撮影した後、即行で、監督と祈ちゃんを呼び出した。

「完璧ですね！　まさに私の想像していた通りです」

祈ちゃんが感嘆の声を漏らす。

「この短時間で本当に実現してしまうとは、驚きました。――私もその熱意に応えなければなりませんね。さあ、小百合《さゆり》さんと西入くんを呼んできてください！」

監督がスタッフにそう呼びかけた。

よかった。満足して頂けたようだ。

正直、環境破壊とか、特定外来種くっついてるかもとか、色々懸念《けねん》はあるけど、そんなの知ったこっちゃねえ！

こちとら世界の命運がかかっとるんじゃい！

「喜んでもらえて、俺も嬉《うれ》しいです。あの、撮影が終わったら、この樹で子どもたちが虫取りをしても構いませんか。こんな素敵な樹で虫取りができたら、一生の思い出になると思うので」

「もちろん。祐樹《ゆうき》くんが出資しているのですから、私に異論などあろうはずもありません」

監督が快く頷《うなず》く。

「よかった。それでは、俺の仕事はここまでですね。後はプロの二人にお任せします！」

俺はそう言って、そそくさと現場を後にした。

（おっしゃあああああ！　俺の勝ちいいいいい！　ヘラクレスオオカブトの魅力に抗《あらが》える小学生がいる訳がないからなあああああ）

ただのでかいカブトムシが取れる森より、ヘラクレスオオカブトの取れるバオバブの方が格上であることは言うまでもない。

しかも、今は昆虫王者ムシキ○グとかが流行《はや》ってる時代だからな。

レア昆虫取り放題となれば、翼が食いつかないはずがない。

「よし。これで後は翼のところにワープして、ヘラクレス取り放題の証拠写真を見せるだけだ。頼むぜ、クロウサ」

人気《ひとけ》のない物陰に入り、俺はドヤ顔で告げる。

「ぴょぴょぴょ」

だが、クロウサはなぜか首を横に振った。

「どうした？　うんこなら後にしてくれ。あと、十分くらいでタイムリミットなんだ」

「ぴょい」

クロウサが心外そうに鼻をひくつかせながら、俺にソロバンを見せつけ、その後リュックサックを指す。

「えっ？　もしかして、現金不足？　嘘《うそ》だろ。あれだけあったんだぞ？」

俺は慌ててリュックサックを漁《あさ》る。

ペラペラと札束を数えるが、マジで微妙に足りない。

具体的には、あと、二万円くらい！

(マジかよ！　確かに、あちこち飛び回って、メチャクチャ買って、あれこれ運搬したけどさあ。ちょっとぼったくりすぎじゃない？)

「もー、俺とお前の仲じゃん。それくらいまけてくれよ」

「びょびょびょ！」

クロウサが頑《かたく》なに首を横に振る。

まあ、仕方ない。

代償にはシビアなのがクロウサだ。

「しゃあねえな。ちょっと郵便局のATMで金をおろしてくるわ」

「ぴょい」

クロウサに他人事《ひとごと》のような顔で見送られながら、俺は郵便局へと駆けた。

息せき切って辿《たど》り着くと、そこにいたのは、見知った顔の先客。

「あら、ゆーくん。こんにちは」

ぷひ子ママが穏やかに挨拶してくる。

「こんにちは！　こんなところで会うなんて奇遇ですね」

「そうねー。——あっ、もしかして、ゆーくんもお金を引き出しに来たのかしら」

「え、ええ、まあ。ちょっと入り用で」

「それなら残念だったわね。私もおろそうとしたのだけれど、どうやら、停電みたいよ？」

ぷひ子ママがATMの液晶画面を指す。

彼女の言う通り、そこには、何の映像も映し出されていない。

「マジすか……」

俺は呆然《ぼうぜん》とする。

もちろん、日曜だから窓口は開いていない。

（まさか、刺客が送電線でもぶった切っていったか？　そういや、ソフィアが電源を断たれたって言ってたもんな。映画撮影は——野外撮影用の発電機を使ってるから問題ないのか）

「めんどうだけど、車を出さなきゃいけないみたいだわ。よければ、ゆーくんも乗っていく？」

「ありがとうございます。でも、俺の方は急ぎじゃないんで大丈夫です！」

俺はそう嘘をついた。

繁華街まで行っているような時間はない。

そんなことをしていれば、確実に翼は森に突入するだろう。

俺は涙目で郵便局から敗走し、家へととんぼ帰りする。

棚やタンスの中を引っかき回してみるが、小銭こそ見つかれど、さすがに札は出てこない。

「はぁ、なにぃ。アタシがせっかく一仕事終えてきてあげたのにぃ、なにを大騒ぎしてるのぉ」

アイちゃんが家の中の惨状に目を丸くする。

「アイ、早いな」

「ま、ちょっと本気を出したしぃ？　あのクソ雑魚《ざこ》ヤクザ、あれだけ偉そうにほざいたくせに、残党とやらは二人しかいなかったわぁ」

アイちゃんが拍子抜けしたように言った。

まあ、パワーアップしたアイちゃんが能力を使えばそんなもんか。

賽蛾《さいが》組は所詮田舎ヤクザだからな。

今のアイちゃんの能力からいえば、残党狩りなど蟻《あり》を踏みつぶすより容易《たやす》いことだ。

「それはよかった。よかったついでに、アイ、俺にお金貸してくれない？　二万円ほど」

「はぁ？　小国を買えるくらいの財産があるマスターがアタシにたかるってなんの冗談よぉ？」

「金はあるけど手持ちの現金がないんだよ。アイにはこの前、手渡しで活動費を渡したばっかりだよね？」

「んなものまだ持ってる訳ないでしょぉ。アタシが貯金とかするタイプに見えるぅ？」

「だよねー」

確かにアイちゃんが定期預金とかしてたら萎える。

宵越しの金は持たないスタイルの方がアイちゃんらしい。

「よくわからないけどぉ、金が欲しいなら、あのサキュバス《みか》か、納豆女にでも頼めばぁ？あいつらなら、マスターのためなら、臓器を売ってでも、金を工面するでしょぉ」

「いやいや、親しすぎても逆に頼みにくいってことがあるんだよ」

ぷひ子はお年玉を無駄なことに使っちゃうタイプだから手持ちが少ない。

みかちゃんはきちんと貯金していると思うけど、色々お金で苦労してる彼女にたかるなんて鬼畜すぎる。たまちゃんも同様。

祈《いのり》ちゃんとシエルは貸してくれるだろうけど、軽蔑されそうだな。

残りのフレンズたちは普通に小学生の財力なので、貸してくれとは言いづらい。

っていうか、そもそもヒロインたちに金を借りるのは主人公としてダサすぎるでしょ。

かといって、他の村民に借金を申し込むのも嫌だなあ。

なぜって、田舎は光速で噂《うわさ》が広まるので、俺が金に困っているとか噂を立てられても困る。

「あっそう。じゃあ、その辺で物乞いでもするしかないわねぇ。ご愁傷様ぁ。あっ、でもぉ、ジュース買う小銭くらいはあるからぁ、缶ジュースはおごってあげてもいいわよぉ」

アイちゃんが興味なさげに欠伸《あくび》をしてから、からかうように笑った。

「物乞い――そうか、その手があったか！　アイ、ちょっと来て！　クロウサもついてこい」

「ちょっとぉ、アタシが付き合う義務あるぅ？」

「ある！　これも仕事！」

俺は強引にそう押し切って、そこら辺にあったノートの一ページを破り、マジックで『写真一枚二千円』と殴り書きする。

その紙片をポケットに突っ込むと、クロウサを詰め込んだリュックを背負い、アイちゃんの手を引いて、家の外へと出た。

そのまま、撮影現場へと一直線に向かう。

今頃、例のバオバブの樹《き》の前では、小百合ちゃんたちが迫真の演技を繰り広げているはず。

だが、今はそれはどうでもいい。

俺の目的はその手前、スタッフが規制線を引いて押しとどめている野次馬たちにある。

「本気ぃ？　サーカスのピエロか熊じゃあるまいしぃ」

アイちゃんが意図を察したのか、シュールストレミングでも嗅いだかのように顔をしかめた。

心底嫌そうだが逃げ出さないところを見ると、付き合ってくれるらしい。

俺の必死さが伝わったのだろうか？

いや、俺の醜態が見られるかもしれないから、一応ここにいてやるという感じか。

「俺だってやりたくない。やりたくないけど――『皆さああああああん！　俺たちと記念撮影しませんかああああああ！　一枚、二千円でーす！　携帯でも、デジカメでも、なんでもOKです！　サインもしまーす！　今から十分間限定の特別サービスでーす！」

俺はノートの切れ端を掲げて、ヤケクソ気味に叫ぶ。

俺がJさんから連絡をもらってから、すでに二十分が経過している。もう時間がない。

「誰？」

「ヒーローとヒロインの幼少時代を演じた子役でしょ？　私、初日からいるから知ってる」

「小百合《さゆり》ちゃんならともかく、名前も知らない子役に二千円かあ」

「でも、あの子たちが将来有名になったら、プレミアものかもよ？」

微妙な反応だ。

俺の名は経済界ではそこそこ知られてきてると思うが、一般的な知名度は皆無だからな。

「ねえ、君。一枚いいかな？　全員で一枚だけだけど」

俺に二十歳前後とおぼしき女性が話しかけてくる。

その後ろには、同年代の大人しそうな雰囲気の男女が数人。

「いいんですか⁉　本当に俺たちだけですよ？　小百合さんと撮れたりはしませんよ？」

自分で要求しておきながら、思わずそう確認してしまう。

「いいのいいの。私たち、大学の映画研究サークルでね。小百合ちゃんのファンというよりは、白山監督のマニアだから。スタッフさんに聞いたんだけど、急遽《きゅうきょ》、用意していた子役を、監督の鶴の一声であなたたちに変えたのよね。こういうエピソード、大好物なのよ」

なるほど。小百合ちゃんのファンだけじゃなくて、監督マニアの野次馬もいるのか。

まあ、彼はアニメの宮崎、実写の白山と並び称されるくらいの巨匠だしね。

「ありがとうございます！　ほら、アイも」

「チッ。仕方ないわねぇ」

アイちゃんが舌打ちしつつも、俺の隣に並ぶ。

「じゃあ、デジカメのタイマーで撮るわね。あとでサインもちょうだい」

こうして、俺とアイちゃんは映画研究サークルの皆様とパシャリ。

しっかり、サインも書かせて頂いた。

とはいえ、俺は楷書で名前を書き、アイちゃんは適当に髑髏《どくろ》っぽい落書きをしただけだけど。

「いい土産話ができたね！」

「映画、大ヒットして欲しいね。ここでこけたら、白山監督、もう映画撮れないかも」

「だな。でも、もし、大ヒットしたら、インカレで他の大学の映研の奴《やつ》らに自慢できるな」

「それどころか、十年もしたら、このサインがめちゃくちゃ値上がりするかもな」

「うーん、アメリカとかでは、スターのサインをオークションにかけたりすることもあるけどさあ、あんまり気分がいい話じゃないよな。やっぱ敬意がないよ」

映研の皆様は、デジカメを確認しながら、ワイワイとよもやま話をして去っていく。

「プレミアつくかもだって、どうする、まーくん」

「いいじゃん。記念に撮ろうぜ。宝くじ買うよりは当たりそうだし」

田舎のヤンキー風カップルが、ノリで一枚撮ってくれた。

どんどん来い！

具体的には、あと八人来い！

「ボク、役者さんなの？」

穏やかそうな白髪のおばあさんが話しかけてくる。

「はい！　有名ではないんですけど、これから頑張っていきたいと思ってます」

俺は堂々とそう言い切る。

嘘《うそ》も方便！

「そうなの。私はあまり興味がないのだけれど、娘夫婦と孫がどうしても小百合ちゃんを見たいって言うから来たのよ。でも、みんな考えることは同じねー。人混みに酔ってしまったわ」

「それは大変でしたね。公民館に無料の休憩所があるので、そこで休まれてはいかがでしょう。軽食もとれますよ。こちらは有料ですが」

「あら、ご親切にありがとう。行ってみようかしら。——ボク、若いのにしっかりしてるわね。お金を稼いで何か買いたいものでもあるの？」

「はい！　お小遣いを貯《た》めて望遠鏡を買いたいんです！」

俺は適当に老人ウケがよさそうな理由を告げた。

「あらあら、それは素敵ね。確かに、これだけ自然豊かなところだと、星もよく見えそうねー。――そうそう。写真、写真よね。おばあさんとも記念に一枚撮ってもらっていいかしら。娘から持たされた携帯だから、使い方がいまいちわからないのだけれど」

おばあさんは微笑《ほほえ》ましげにそう言って、デカめのガラケーと二千円を差し出してくる。

「ありがとうございます。えっと、カメラは――これですね。すみませーん！　写真撮ってくださーい！」

野次馬の一人に声をかけて、おばあさんの携帯で一枚。

その後、おばあさんの家族がやってきて、もう一枚撮ってくれた。

ナイスファミリー！

いい調子でノルマ達成までいけると思ったが、そこで流れが止まる。

(さすがに見ず知らずのガキと写真を撮りたい奴はそんなにいないか)

「アイ！　観客の皆さんにアピールして」

「いやよぉ。めんどくさぃ」

「お願い！　適当にバク転とかでいいから！」

「バク転ねぇ――こんな感じ？」

アイちゃんは、その場で跳躍し、バク転どころか、空中で四回転半して着地してみせる。

「あの女の子すごっ！　どっかの雑技団かサーカスの子？」

「そういえば、男の子の方は普通な感じだけど、女の子の方はオーラあるよね」

「僕も一枚撮ってもらおうかなあ。小百合ちゃんはガード堅そうだし」

アイちゃん効果で追加で三枚頂きました！　あざーす！

（あと二枚！　あと二枚！）

「さあ、撮影会、大盛況です！　終了まで、あと、五分ですよ！　撮るならお早めに！」

「あー、ゆーくんだー！　ぷひゅひゅー、ゆーくんも珍しい樹を見に来たの？」

「うーん、ゆうくんの手に持ってる紙を見るに、それはなさそうねー」

煽《あお》るように言う俺の背中に、聞き覚えのある声が投げかけられる。

振り向くとそこには、見慣れた顔が二つあった。

みかちゃんとぷひ子がこちらに歩み寄ってくる。

「ぷひ子、みか姉！　――いや、ちょっと小遣い稼ぎをと思って」

俺は照れくさそうに、頭を掻《か》いて言った。

「うふふ、お小遣いって。ゆうくんはすごいお金持ちなのに。おかしいわ」

みかちゃんが悪意のない笑い声を漏らす。

「いやいや、でも、こういうのはやっぱりお祭り感を味わいたいじゃん！　村の人たちがおにぎりとか売ってるのを見たら、俺も何かやりたくなったんだよ」

俺は年相応の少年じみた口調でそう主張する。

「ねーねー、ゆーくん。よくわからないけど、お金を渡したら、ゆーくんと一緒にお写真を撮れるの？　だったら、私も撮るー！　お家《うち》からお金取ってくる！」

ぷひ子が俺の袖を引いてそう要求してくる。

「おう。でも、さすがに幼馴染《おさななじみ》から金を取るほど落ちぶれちゃいねえよ。写真くらいタダで撮ってやるさ」

「でも、でもね。普通の写真じゃなくてね。お金を払ったら、ゆーくんは私の撮りたい写真を撮ってくれるんでしょ？」

「ま、まあ、そうだな。お金を取る以上はお客さんの望みに応えないと商売人とは言えないな」

「じゃあ、私、にせんえん払う！　ゆーくんに着て欲しい服があるの！　納豆の服！　それを着て、私とお揃《そろ》いで写真撮ろー」

納豆の服!?

「いや、でも、二千円だぞ？　駄菓子屋で納豆味のうま○棒が二百本買えるんだぞ⁉」

小学生の二千円は、大人の二万円くらいの価値がある。

「ぷひゅひゅー、にせんえんはとっても大きなお金だけど……払う！　だって、フツーにお揃いのお洋服を着て写真を撮ろうって言っても、絶対ゆーくん恥ずかしがって着てくれないもん！　こんなチャンスもうないかもしれないもん！」

ぷひ子はギュッと目を閉じてから、決然とした表情で言った。

そりゃオリジナル成瀬祐樹《なるせゆうき》くんはぶっきらぼうキャラだからな。

人前でペアルックとかはしないよ。

なんかすごい嫌な予感がするが、メインヒロイン様がここまで言うなら、俺に否定するという選択肢はない。

「……お前がそこまで撮りたいなら、もう止めねえよ。でも、ぷひ子。お前、携帯もカメラも持ってないだろ？」

「大丈夫！　お母さんから借りてくるから！　待っててね！」

ぷひ子が一目散に彼女の自宅へと駆けていった。

「あらら、行っちゃったわね。――じゃあ、ぷひちゃんがお洋服を取りに行っている間に、私も一枚お願いしちゃおうかしら」

みかちゃんがぷひ子を見送りながら、サラッとそう言った。

「ええ⁉　みか姉も⁉　みか姉は無駄遣いとかしない人だと思ってたのに」

「無駄遣いじゃないわ。私もゆうくんに再現して欲しい特別なシチュエーションがあるもの」

「シチュエーション？」

「私、ゆうくんを膝枕したいわ！　昔はあれだけ甘えてくれたのに、最近のゆうくんは恥ずかしがって耳かきもさせてくれないし、一緒にお風呂《ふろ》にも入ってくれないんだもの」

みかちゃんがちょっと寂しそうに言った。

そりゃ、この頃には成瀬祐樹はみかちゃんを異性として認識している設定だから、無邪気にママみたいに甘えるのは無理だよ。

「う、うう……。それがみか姉の望みなら、わかったよ」

俺は息を止めて顔に力を入れ、赤ら顔を作ってみせる。

背に腹は代えられない。

みかちゃんも立派なくもソラヒロイン。

主人公の立場はクリボーよりも弱い。

「本当⁉　嬉《うれ》しいわ。はい。二千円」

「た、確かに頂戴しました」

みかちゃんが手作りの長財布から出してきた二千円を、俺は恭《うやうや》しく受け取った。

「それじゃあ、早速お願いしようかしら」

みかちゃんは木陰に移動し、自身の太ももをポンポンしながら言う。

「……うっす」

俺は観念して、身体《からだ》を横たえて、みかちゃんの太ももに頭を乗せる。

やわらけぇ……。

石鹸《せっけん》のいい匂いがする。

でも、さっさと終わらせないと戻ってきたぷひ子が嫉妬でブチ切れるから怖い……。

「うふふ、とってもかわいいわ。もしゆうくんをかわいがれるゆうくんカフェがあったら毎日通っちゃうかも。——あっ、アイちゃん、申し訳ないのだけれど、撮影をお願いできるかしら」

みかちゃんが満足げに目を細めながら、携帯を取り出して言う。

ちなみに、みかちゃんは、一応、俺が雇っているという体なので、業務用の携帯を持たせている。防犯にもなるしね。

「いいわよぉ！　マスターぁ、ついでにおっぱいでも吸ってサービスして差し上げればぁ？」

アイちゃんがノリノリで携帯を受け取り、小馬鹿にした顔つきで俺を煽る。

自分の弱みを見せるのは大嫌いだけど、人の弱みを握るのは大好きなアイちゃんです。

「はーい、撮るわよぉ。——あっ、間違えて動画モードにしちゃったぁー。もう一回ぃー」

アイちゃんはもったいぶって、携帯の写真を中々撮らない嫌がらせを数度繰り返した後、俺の赤ちゃんプレイ姿を写真に収める。

「はーい。終わりぃ。よかったら、その写真、プリントしてアタシにもちょうだいねぇ」

アイちゃんがみかちゃんに携帯を返しながら言う。

「ごめんなさい。せっかくだけれど、これは私だけの宝物にさせてもらうわ——あんっ！　ゆうくん、もう起きちゃうの？」

みかちゃんがセクシーな声で名残惜しげに言う。

「み、みんなが見てるから」

俺は照れ隠し風に素っ気なく答えて、ぷひ子の嫉妬フラグに触れないように、姿勢を正してみかちゃんから距離を取る。

「ぷひゅー……。ぷひゅー……。ゆーくん、お待たせー」

やがて、息を切らしたぷひ子が向こうから駆けてきた。首からカメラを提げ、両腕に『納豆の服』とやらが入っているらしいズダ袋を抱えている。

「お、おう、お疲れ。大丈夫か？」

「う、うん。頑張って走ったから――あっ、これ、お金―」

ぷひ子がオーバーオールのポケットに手を突っ込んで、小銭交じりの二千円を突き出してくる。

「ま、まいどあり」

「あ、あのね。それでね。この納豆の服を着て、一緒に写真撮ろ？」

ぷひ子がズダ袋から満を持して取り出した『納豆の服』。

それは、俺の想像を超越していた。

納豆の服っていうから、普通、納豆の絵がプリントされたシャツとかだと思うじゃん。

全然違った。

これは、納豆の服というより――。

「もはやコスプレじゃん」

それは、服というより、納豆の被《かぶ》り物だった。

わかりやすく言えば、よくあるゆるキャラの着ぐるみの、顔の部分に穴が開いたやつだ。

「こすぷれ？　よくわからないけど、ゆーくんと納豆ごっこをしたいから、みかちゃんにも手伝ってもらって、私が作ったんだよ」

ぷひ子が鼻をぷひぷひと広げて、自慢げに言う。

「ぷひちゃん頑張ってたものね。納豆の服、お披露目する機会ができて、よかったわ」

みかちゃんがニコニコと笑っている。

俺としては一生押し入れの中に眠ってくれてた方が良かった。

というか、納豆の服だと幼馴染二人は言い張るが、それはあくまで彼女たちの主観だ。

客観的に観察すれば、それはモグラの着ぐるみに見えなくもないし、とっても悪意のある解釈をすると――

「ぷっ、ぷふふふふ。うそぉ！　マジぃ！　あははははは！　あひひひひひひひひひひひ！　傑作ぅ！　ウンコぉ！　完璧にウンコじゃないそれぇ！　あひぃー、ひぃー、ひぃー、お腹《なか》痛い！　これ見られただけでくだらない物乞いに付き合った価値はあったわねぇ！」

アイちゃんが腹を抱えて笑い、地面を転げ回る。

「ち、違うもん！　納豆だもん！　大粒の、藁《わら》で発酵させて、熟成したいい納豆だもん！」

「ぷひ子、アイはからかってるだけだ。さっさと撮ろうぜ」

俺はムキになって反論するぷひ子をなだめる。

もう金を受け取った以上は、撮るしかない。

俺はさっさと腹をくくって、リュックを下ろし、納豆の服を着こんだ。

「う、うん——あっ、みかちゃん。カメラお願い」

「わかったわ」

ぷひ子がみかちゃんにカメラを渡し、納豆の服を着こむ。

俺とぷひ子は手をつなぎ、カメラの前に並んで立った。

「それじゃあ、3、2、1で撮るわねー」

「マスターぁ！　とっても似合ってるわよぉ！　色んな意味で臭そぉー！　ほらほら、どうしたのー？　マスタぁー。笑顔が足りないんじゃないのぉー？」

アイちゃんがまだ爆笑して手を叩《たた》いている。

「ぷひゅー……。ゆーくん、やっぱり、私とお揃《そろ》いの服は着たくない？」

ぷひ子が窺《うかが》うような目で俺を見る。

いや、お揃いとかそういう問題じゃないよね。

「……嫌じゃねえよ。正直、恥ずかしいけど、お前が俺のために作ってくれたんだろ」

俺はそうテンプレ回答を繰り出し、無理くり微笑《ほほえ》みを作ってみせる。

俺は成瀬祐樹だ。俺は俺であって俺じゃない。

だから排泄《はいせつ》物のコスプレをさせられても恥じゃない。

恥じゃないんだああああああああああああああああ！

「3、2、1……はい。ぷひちゃん、これでいいかしら？」

「──うん！　ありがとう、みかちゃん！」

デジカメ画像を確認し、満面の笑みで頷《うなず》くぷひ子。

俺は納豆の服を脱ぎ捨て──ずに丁寧に畳んでぷひ子へと返却してから、元の服に着替えてリュックを背負い直す。

黒歴史の代償にぷひ子からもぎとった二千円。

これで、ようやく二万円が貯《た》まった──貯まったけどさあ！　何か釈然としない！

「はーい！　これにて撮影会は終了でーす！」

そう叫んで、紙をビリビリに破く。

「あら、もうおしまいなのね」

みかちゃんがちょっと残念そうに言った。

「ああ。――それより、二人共、バオバブ見に行かなくていいの？」

「ぷひゅっ、そうだった！　珍しい樹《き》を見に来たんだった。ゆーくんも一緒に見に行こ」

納豆の服のままのぷひ子が言う。

「いや、俺はさっき見たからいいや。今は規制線の周りも混んでるし、他の人たちに譲るよ」

「ゆうくんは優しいわね」

「まあ、野次馬さんたちに儲《もう》けさせてもらったからね」

俺はそう言って、さりげなくその場を離脱する。

「マスター、もったいないわぁ。ウンコの服でそのまま映画撮影に交ざってくればよかったのにぃ」

「くそ！　何か言い返したいけど、今は気の利《き》いた返しをする余裕がない！」

ツボにはまったのか、爆笑しながらとことん煽《あお》り倒してくるアイちゃんをスルーし、人《ひと》気《け》のない場所まで足早に歩いていき、リュックを乱暴に下ろした。

「おい！　クロウサ！　これで文句ないよな！　なあ！」

俺はファスナーを開け、クロウサを持ち上げて、親指でグイグイとそのモフモフの腹を押す。

そういえば、ウサギを捌《さば》く時には、歯磨き粉のチューブみたいに内臓を絞り出すやり方があるらしいんだよね！

「ぴょ、ぴょい！　ぴょい！　ぴょい！」

クロウサがしきりに何度もコクコクと頷いて、札束を虚空《こくう》に捧《ささ》げた。

本日二桁番目のワープをする俺。

もうあちこち飛びすぎて慣れたから、感動も違和感もないわ！

切り替わる視界。

小川の側《そば》、右には昼でも真っ暗暗い暗いな禁断の森。

左には普通の林。

(俺っ娘《こ》は——いたいた！)

秋でも半ズボンの元気っ娘スタイルの翼が、虫網片手にまさに森に突っ込もうとしているところだった。

「おーい！　翼！」

俺は手を振りながら、全力で翼に駆け寄る。

「おっ、祐樹《ゆうき》じゃん！　まさかこんなところで会うとはな。お前も虫取りか？」

翼が手を挙げて応える。

「おう。さっきまではそのつもりだったんだが——やめた。俺は今から村に帰る」

俺はそう言って踵《きびす》を返《かえ》す。

「あん? なんでだよ。まさか、見回りのおっさんに叱られるのが怖《こえ》ーからとか、ヘタレたことは言わないよな!?」

翼がマガ○ンのヤンキーマンガに出てくる不良のような顔をしてガンをつけてくる。

「そんな訳ないだろ。実はな。村でヘラクレスオオカブト取り放題をやるっていう情報が入ってな。チンタラ普通のカブトムシを取ってる場合じゃないんだわ」

俺はもったいつけるような口調で言う。

「はっ? それガチかよ」

翼が声を上擦らせて言う。

「ガチもガチ。ほら、これ見ろよ」

俺は先ほど撮ったバオバブの写真を翼に見せつける。

「——おい! おい! おい! マジじゃん! ヘラクレスオオカブトに——こっちはギラファノコギリクワガタかよ! モルフォチョウもいるじゃん! スゲー! 世界のカッケー虫コンプしてんじゃん! ワンピー○で言ったらオールブルーだろこれ!」

翼が食い入るように画面を見つめ、興奮気味にまくし立てる。

俺っ娘は比較的精神構造が単純なので、予想通りの反応を返してくれるからありがたい。

「そういうことだ。この樹、今は撮影に使ってるけど、それが終わったら、早い物勝ちですぐに取られ尽くされちまうだろうな。だから、俺は一分でも早く村に帰るんだ」

俺は翼に背を向けたまま、歩調を速める。

「な、なあ、それって、オレも行っていいやつ？　それとも村の子ども限定だったり？」

翼がゴクリと唾を飲み込む音が聞こえた。

「ん？　別にそういう区別はないんじゃね。今は野次馬もいっぱい来てるし、一々、村の子どもとそれ以外を分けてる暇もないしな」

「やったぜ！　そうと決まれば、あんな暗くてジメジメしてそうな森に用はねえな！　祐樹！　何チンタラしてんだよ。超速《ちょっぱや》で走って戻ろうぜ！」

「おう！　そうだな！」

俺は夕陽《ゆうひ》を背に、翼と二人で川べりを駆け抜ける。

まるでNHK製作の教育番組のように健全で清々《すがすが》しい光景！

厨二病《ちゅうにびょう》丸出し演技もウンココスプレもなかった！　いいね!?

上がっていく心拍数と共に、気分も高揚していく。

二人で競うように走り続ける俺たちは、やがて、村へと帰りついた。

すでに撮影は終わっており、俺は翼がバオバブの樹に特攻するのを見届けてから、そっとフェードアウトする。

（ギリギリセーフ！　今度こそ！　今度こそ切り抜けたぞおおおおお）

両腕を挙げて、渾身《こんしん》のガッツポーズをする。

身体《からだ》も心も懐《ふところ》もボロボロだけど、不思議と充実感はあった。

ブルルルルルル。

そんなささやかな俺の満足を打ち破るように、三度携帯が震える。

（まだ何かあるのおおおおお!?　もうやだあああああああああああ）

泣きそうな気分になりながら、俺は携帯を開いた。

「ユウキ！　無事ですの!?」

電話口から漏れる不安げなお嬢様口調。

「あ、ああ。悪い心配させたか。――ちょっと回復するまで時間がかかってな」

俺は即座に応答する。

マジで疲れてるから、もはや演技の必要すらない。

（やべっ。忙しすぎて、完全にシエルちゃんのこと忘れてたわ）

「無事ならばよろしいんですのよ。けれど、できれば元気な顔を見せてくださいまし。そうでなければ、お礼もできませんもの」

「わかった。じゃあ、今から行くよ。紅茶でも淹《い》れて待っていてくれ」

「かしこまりましたわ。とっておきのを出します」

そう言葉を交わし合って、通話を切る。

最後の力を振り絞り、俺はシエル家へと続く丘を登った。

門扉《もんぴ》の手前まで来たところで、二人の姿を認める。

ソフィアはともかく、シエル本人まで俺を出迎えてくれるのは珍しい。

「ようこそいらっしゃいました。……そして、ご助力に感謝します。ミスターユウキ」

ソフィアが恭《うやうや》しく礼をして、門を開く。

「いいよ。友達だろ？」

「ふんっ。――待ってろ。今、ティーセットを持ってきてやる」

ソフィアは俺の質問には答えず、そう言い残して、屋敷《やしき》の方へと歩いていく。

「ふふっ、素直じゃない子ですわね。でも、ああ見えて、ソフィアはユウキのことを評価しておりますのよ」

シエルはそう呟《つぶや》きながら、さりげなく俺を中庭のガーデンテーブルへと誘導する。

邸宅で冷風から守られる形のシエルの中庭は、秋でもいまだ美しい花々が咲き誇っていた。

「わかってる。最後、タメ口だったもんな」

ソフィアが事務的なメイドモードの時は敬語のはずなので、タメ口を利いてくるということは、彼女が俺を友として認めた証《あかし》となるのだ。

「──さて、ソフィアがおもてなしの準備をしている間に、ワタクシからもユウキに、褒《ほう》美《び》を差し上げなくてはなりませんわね」

シエルはそう宣言すると、右手を俺の顔の前に突き出してくる。

「えっと……？」

「口づけを許します。騎士の栄誉ですわ」

シエルが頬を染めて、ツンとすました口調で言う。

花園で優雅に佇《たたず》むシエルは、一幅の絵画のように美しい。

さすがは正統派ツンデレキャラの面目躍如といったところか。

「……光栄です、マイフェアレディ──とでも言うと思ったか？」

俺は跪《ひざまず》き、シエルの肌にギリギリまで顔を近づけてから、パッと距離を取って、立ち上がる。

「あら、不満ですの？」

「ああ、口づけなら、もっと柔らかい場所の方がいいからな」

「もう、その気もないくせに。──けれど、わかりました。ミシオたちに操《みさお》を立てているという訳ですわね。誠実なのは美徳ですけれど、もう少し欲望に素直になってもよろしくてよ？　ここにはワタクシたち以外に誰もいないのですから」

シエルが妖艶《ようえん》に微笑《ほほえ》む。

いや、その顔は小学生がしちゃダメなやつでしょ。

っていうか、手の甲へのキスがナチュラルに褒美になると思ってるのが凄《すご》いよ。

相当に自分に自信がないとできない行動だ。

「それでもやっぱり遠慮しておくよ。誰かに咎《とが》められることはなくても、俺自身は欺けない」

「ふふっ、ユウキは貴族には向いていなさそうですわね」

シエルが寂しそうに、でもどこか嬉《うれ》しそうに言った。

シエルは基本、彼女に対して紳士だけど、ここぞという時には感情的で情熱のままに自分を攫《さら》いに来てくれるような衝動性も持ち合わせた、それこそロミオのような殿方を求めておられるので、めんどくさい。

（あー、危なかった。ここで彼女の手にチューしてたら、従者フラグが立って、シエルち

ゃんルートに入ってたかもしれないし）

俺は最後まで油断できないフラグを仕込んでくるこの泣きゲー世界にうんざりしながら、お紅茶を一杯頂いたあと、シエルの家を後にした。

見たか！

ギャルゲーの神よ！

三つのフラグを同時に捌いてやったぞ！

くもソラ攻略メモ④ アイ編

こんなことをすると**バッドエンド**だぞ

バッドエンド

※そもそもエンディングなし

突入条件

・『曇りなき青空の下で
―ファンディスク―』を進行

アイはかつてソフィアの親友であり、同時に彼女を導き育てる姉貴分のような存在だった。しかし、この頃のアイは、すでに壊れており、敵味方構わず襲う狂戦士になっていたため、異能者養成施設の地下の未使用区域に独りで隔離されていた。そこで、侵入してきたソフィアと主人公に遭遇し、戦闘となり、敗北。死亡する。

被害者《プレイヤー》は語る

ソフィアちゃんのトラウマスイッチにして、敵役。ファンディスクのサブキャラクターであるにも関わらず、妙に人気が出たんだ

エピローグ　クランクアップ

「待ってくれ！　お前がいなくなったら、俺は誰を捕まえればいいんだ！」

神社。

夕陽をバックにイケメンが叫ぶ。

「もう、鬼は退治されたのよ。でも、大丈夫。今度は、私の方からあなたを捕まえに行くわ。手の温《ぬく》もりを、覚えているから」

儚《はかな》げな笑みを浮かべ、小百合《さゆり》ちゃんは呟いた。

山に陽が落ちる一瞬、黄昏《たそがれ》が夜へと変わる刹那。

失敗の許されないワンカットで、小百合ちゃんが完璧な演技を見せる。

……。……。……。

余韻のような静寂。ひぐらしが鳴く。

やがて、監督がゆっくりと頷《うなず》いた。

「──カット！　クランクアップです！　皆様、本当にお疲れ様でした！」

スタッフが興奮気味に声を張り上げた。

ワアアアアアアアアと、歓声と共に拍手の音が現場を支配する。

「ありがとうございました！」

「ありがとうございました！」

小百合ちゃんとイケメンが、律儀《りちぎ》に四方へ頭を下げる。

「白山監督、お疲れ様でした」

俺は万感の思いを込めて呟いた。

演技ではなく、本当にちょっとウルッときてる。

本当に（フラグ処理が）大変な撮影だった。

それだけにやり遂げた感動も一入《ひとしお》だ。

「それはお互い様でしょう。――とにかく、本当にいい映画になった。私は、満足です」

監督は燃え尽きたようにうなだれる。

撮影終了の興奮も冷めやらぬ中、俺たちはそのまま打ち上げへとなだれ込んだ。

公民館が、即席のパーティー会場へと変わる。

今晩は撮影に協力してくれた全ての人を労《ねぎら》うために、俺が高めのケータリングをこのクソ田舎まで呼んでおいたのだ。

「すみません。参加したいのはやまやまなんですが、事務所が映画撮影が終わったとわかった途端、次の仕事を入れてしまったみたいで。名残惜しいですが、失礼します」

イケメンは悔しそうに言うと、スタッフに軽くあいさつをして、足早に去っていく。

売れっ子俳優も大変だな。稼ぎ頭とはいえ、こんな無茶な働かせ方をするから、十年後、彼はあんな事件を——。まあ、どうしようもないか。今俺が忠告してもただの頭おかしい奴《やつ》だし。

「小百合。私たちも、次のスケジュールが迫ってるわ」

佐久間《さくま》さんが腕時計をじっと睨《にら》んで言う。

「佐久間さん。少しだけ、少しだけお願いします」

「はあ、じゃあ、三十分だけよ」

佐久間さんは肩をすくめて頷く。

「……怒ってます?」

俺はショタのみに許されるぴえん顔をして、佐久間さんに近づいていく。

「稼ぎ頭がヤクザの根城に突っ込まされて、怒らない事務所がどこにある?」

「……ですよね。誓って申し上げますが、俺は知りませんでした。でも、白山監督がどうしてもとおっしゃいますし、何より、小百合さん本人の決意が固そうだったので」

ギャルゲー主人公は言い訳をしないが、ビジネスマンは言い訳をしてナンボだ。

「ええ。全部小百合から聞いてるわよ。あなたを責めないように口を酸《す》っぱくして言われたわ。実際、あの監督にせがまれてどうしようもない状況だったたっていうのもわかる」

「じゃあ、許してくれます？」

「まあ、結果的に怪我《けが》はなかったたし、今回の撮影で小百合が掴《つか》んだものは多そうだしね。許すわ。──あなたが今度映画を作る時に、うちの子を使ってくれるなら、水に流しましょう」

さすが佐久間さん。話がわかるぅー。

「よかった。その程度ならお安い御用ですよ」

俺はにっこりと微笑んだ。

「祐樹《ゆうき》くん！」

「うわっ。小百合さん。びっくりした」

背中に温もりを感じる。

俺がいくらかわいいショタだからといって、後ろから抱き着くのはやめて欲しい。

他のヒロインの好感度が下がる。

「こんなに、刺激的で、やりがいのある現場は初めてでした。お礼を言わせてください！」

「それはよかった。でも、誉《ほ》められているばかりでは、人は伸びません。何か改善点があれば遠慮なくおっしゃってくださいね」

俺はそう言いつつ、小百合ちゃんの手にソフトタッチしつつ、拘束から逃れる。

「改善点ですか？　特に問題は感じませんでしたけど……。でも、いくら悪い人たちとはいえ、あのヤクザさんたちがどうなったのかは、ちょっと気になります」

小百合ちゃんがふと表情を曇らせる。さすが日本一のアイドル。ぐう聖だね。

「ああ、それなら、ほら、あそこに——。元賽蛾《さいが》組の皆さん、お仕事の手を止めて、こちらに集合してください」

俺は公民館の窓を開け、外でセットの撤収作業をしていた男たちに声をかける。

「えっ。あの方たちが⁉　見た目が全然変わっていて気が付きませんでした！　てっきり撤収のために派遣された臨時スタッフの方々だとばかり」

小百合ちゃんが目を丸くした。

「彼らも思うところがあったみたいですよ。もう悪いことはしないと反省を示した彼らに、心ある病院の院長が治療に加え、無料で刺青《いれずみ》の除去手術をしてやったそうです」

っていうか、刺青以外にも色々除去されたり、逆に付け加えられたりしてるんだけどね。まあ、本編で彼らが絡《から》むルートでは、バッドエンドでもグッドエンドでも全滅する未来しか用意されていないので、命があっただけマシと思ってもらうほかない。

「コンバンハ」

「シャチョー。ご機嫌、イカガですか」

走り寄ってきた元ヤクザの皆さんが、ガラス玉のような澄んだ目を輝かせて挨拶する。

片言なのは、まだ丁寧な言葉遣いに慣れてないから──ということにしておこう。

「こんばんは！　皆さん。小百合さんはありがたいことに、皆さんの心配をしてくださっていたそうですよ」

「「「シンパイ、ありがとうございマス。もうダイジョウブです。私タチはハンセイしました。真のニンキョウドーにタチカエリ、シャチョーのご指導の下、シャカイに奉仕デキル人間になるコトを目指しマス」」」

元ヤクザズは、ピシッと直立不動で声を揃《そろ》えた。

今や彼らは、最低時給でも文句一つ言わない、立派な土木作業員となった。あんまり複雑な知的作業は無理なので、いつまでも出世できずにずっと下《した》っ端《ぱ》のままだろうが、社会に必要な人材であることには変わりない。

ともかく、彼らの言葉通り、今まで迷惑をかけた人々に罪を贖《あがな》わせた後で、俺が有効活用してあげる予定だ。

「よかった！　やっぱり、素晴らしい作品は、色んな人の心を動かす力があるんですね！」

小百合ちゃんが祈るように手を組んで、感動したように言う。

うんうん。映画って本当にいいものですね。

「はい。俺も嬉《うれ》しいです。――あの、小百合さん。もしよければ、他のみんなにも話しかけてやってもらえますか。俺ばっかりがあなたを独占していると、やっかまれそうです」

俺は冗談めかして言う。あまりヤクザズと接してると色々ボロが出そうだからね。

「ふふふ。わかりました。他の方に挨拶してきますね」

小百合ちゃんは心の憂いがなくなったのか、清々《すがすが》しい足取りで去っていく。

「それでは皆さん。奉仕活動に戻ってください」

「「ハイ」」

元ヤクザズが黙々と作業に戻る。

「ふふふ……。半分くらいに減ったわねぇ……」

その後ろ姿を見つめながら、アイちゃんがおもしろそうに呟《つぶや》いた。

残りはママンがおいしく頂きました！

「バレた？　まあ、全員を助けるのは難しいよね。――まあ、そんなことより、飯食おうぜ！　撮れたての映像でもチェックしながらさ」

「いいけどぉ、私は肉以外食べないわよぉ。特にあのブタ娘の腐った豆とか絶対いやぁ」

「さすがにパーティーに納豆は——寿司《すし》の納豆巻き以外はほとんど出てこないから安心してよ」

俺は寿司桶《すしおけ》にかじりつき、一心不乱に納豆巻きをねちゃねちゃ食べてるぷひ子を一瞥《いちべつ》しながら、他のみんながワイワイやってる輪の中へと足を向ける。

「——はい。ゆうくんの好きな物だけ集めておいたわよ」

「ありがとう、みか姉」

そう言って、みかちゃんが差し出してきた皿と箸を受け取る。

ハンバーグやエビフライなど、いかにも男が好きそうなメニュー。

だが、それはあくまで成瀬《なるせ》祐樹の好物であって、俺個人の嗜好《しこう》とは微妙にズレるが、贅《ぜい》沢《たく》は言うまい。

「ほら、香。もっと肉食えよ肉！　こんなウマいのが食べ放題とか滅多にねえぞ！」

翼がローストビーフを手づかみで香の皿にのせながら言う。

たまたま今日が休みで良かったたね。

「いやいや、さすがに僕はもうお腹《なか》いっぱいだよ。——っていうか、渚《なぎさ》、さすがにお菓子ばっかり食べすぎじゃない？」

　香が苦しそうにお腹を擦《さす》りながら、渚ちゃんに心配げな眼差《まなざ》しを送る。

「いいの！　女の子はお菓子でできてるの！　偉い人がそう言ってるんだから！」

　渚ちゃんが口の端にクリームがつくのも構わずケーキを頬張る。

「正しくは『砂糖とスパイス。それと、素敵な何か』ですが」

　祈《いのり》ちゃんがボソッと訂正し、ウーロン茶を口に含んだ。

「マザーグースですわね」

　そこで、さりげなく会話に参加してくるお嬢様口調。

「シエル。来てくれたんだ」

　俺はエビフライをフォークで突き刺しながら言った。

　シエルは中世の舞踏会に参加してても違和感ないドレスでばっちり決めている。

　周りは結構ラフなのが多いから逆にＴＰＯをわきまえていない感じになってるけど、お嬢様キャラっぽくて非常によろしい。

　もちろん、彼女の傍《かたわ》らにはメイドモードで無言のソフィアもいる。

「さすがに全く顔を出さないのも失礼かと思いましたの」

　そう言いつつ、シエルはキョロキョロと周囲を見回す。

もしかして、小百合《さゆり》ちゃんを捜してる？

シエルちゃんはクラシックしか聞かなそうな見た目だけど、意外とミーハーだからなー。

でも残念。もう小百合ちゃんの姿は見えない。さすがにタイムオーバーのようだ。

「はぁい、チュウ子ぉ、マスターから聞いたわよぉ。雑魚《ざこ》に負けそうになって、またアタシに泣きついてきたんですってぇ？」

アイちゃんがソフィアにウザ絡みしていく。

「……元はといえば、そちらの警備の不手際《ふてぎわ》が原因だろうが」

ソフィアが表情を変えずに、ボソリと反論する。

「不手際ぁ？　馬鹿じゃないのぉ。あれはアタシからのプレゼントよぉ。格下相手にヌルい訓練ばっかりして、実戦を忘れると戦闘勘が鈍るでしょぉ？」

アイちゃんは刺客をわかっててスルーしたのか。

全く本当にギリギリを攻める女だなぁ。

俺は呆《あき》れつつもどこか感心してしまう。

「……アイ、はっきり言っておくぞ。私をからかうのは構わない。だが、そのせいでお嬢様に危害が及ぶのは許さん」

「許さないならどうするのぉ？　今のチュウ子にアタシをどうにかする力があるぅ？」

アイちゃんが全力で煽《あお》っていく。

「お嬢様、反撃しても？　このまま黙っていては、ハンプトン家の名誉に関わります」

最近強い敵と戦えてないから欲求不満なのね。

ソフィアが剣の柄に手をかけて尋ねる。

「うん。一応お祝いの席だからさ。余興レベルなら構わないけど、暴れ過ぎないでね」

「よろしくてよ。けれど、周りの方に迷惑がかからないようにほどほどになさいな」

俺とシエルはそう釘《くぎ》を刺した。

「大丈夫よぉ。マスタぁー。チュウ子相手じゃ、暴れるどころか、血も内臓も出ない子供向けアニメくらいの戦闘シーンくらいヌルい展開にしかならないわぁ」

「くっ。この！　言わせておけば！」

仲良く喧嘩《けんか》を始める二人。

俺はほのぼのとした気分でそれを眺める。

「ゆーくん！　はい！　納豆巻きあげる！　ゆーくんのために取っておいたの！」

ぷひ子がドヤ顔で俺の皿に納豆巻きを載せてくる。

「おう。サンキュー」

俺はぷひ子に軽く手を挙げて応える。

いやあああああ。酢飯に洋食は合わないのおおおお。

「いやいやいや、普通、こんな豪華なタダ飯チャンスに納豆巻き食うか？　寿司《すし》なら、やっぱトロだろ！　納豆巻きとか、回転寿司《ずし》だと百円の雑魚キャラじゃん。もったいねえだろ！」

翼が有言実行とばかりに、大トロを頬張って言った。

「そんなことないわ。みんなそれぞれ好きな物を食べるのが一番よ。栄養バランスは考えた方がいいと思うけれど」

みかちゃんはそう言って、今度は俺とぷひ子用と思われるサラダの皿を作り始める。

「うん。そうだね、みか姉。みんながマグロばっかり食べてたら、絶滅しちゃうかも」

（和やかだなあ——って、いやいや。まだまだ油断しちゃダメだ。解決できてないフラグはまだまだいっぱいある）

ヒロインたちや香と他愛《たわい》もない会話を繰り広げながら、そう自分に言い聞かせる。

（えっと、まずは、使える部下を育てて。そろそろ妹ちゃんの方もフォローが必要だし……）

脳内でこれからの計画を反芻《はんすう》しながら、俺の打ち上げの夜はふけていった。

あとがき

皆様、こんにちは。穂積潜《ほづみもぐり》と申します。

この度は、『鬱《うつ》ゲー転生《てんせい》。知《し》り尽《つ》くしたギャルゲに転生したので、鬱フラグ破壊《はかい》して自《じ》由《ゆう》に生《い》きます』をお買い上げくださり、まことにありがとうございます。

本作は、第6回カクヨムｗｅｂ小説コンテスト・現代ファンタジー部門にて、大賞を頂いた作品となります。

本作を書く前、創作について悩み、何を書いていいかわからなくなった時期がありました。でも、どうせだったら書きたいものを書こうと、私が青春を費やしたギャルゲーを題材にしたライトノベルを書いたら、こんな作品となりました。

パッションに任せて書き殴った作品ですので、まさか書籍化して頂けるとは思っておらず、こうして皆様にお届けできたのは、望外の喜びです。これも私の実力というよりは、ギャルゲーという文化が築いてきた魅力のおかげだと、ありがたみを噛《か》みしめる次第です。

ギャルゲー世界への転生モノは数多《あまた》ありますが、多くは親友・悪役・脇役を題材としたものが多い中、私は定番の知識チートはありつつも、敢《あ》えて主人公という運命に真っ向から取り組もうというコンセプトで挑んでみたのですが――いかがでしたでしょうか？

さて、早速ではございますが、ここで関係者の方々への謝辞へと移らせて頂きます。

まず、ｗｅｂ版より拙作を読み、コンテスト受賞にまで導いてくださったカクヨムや他サイトの読者の皆様に厚く御礼申し上げます。カクヨムコンテストは読者選考を経る賞のため、ｗｅｂ版から支持してくださる読者の皆様がいなければ、今回の書籍化はありませんでした。改めまして、この場を借りて謝辞を表させてください。

また、本作のイラストを描いてくださいました、希望《のぞみ》つばめ様。ライトノベルはもちろん、ギャルゲーもやはりイラストは最重要ということで、勝手に脳内のハードルを上げてしまっていたのですが、その想像をはるかに上回る素晴らしい描写でヒロインたちを魅力的に表現して頂きました。まことにありがたく存じます。

そして、次に拙作が世に出る機会を与えてくださったファンタジア文庫編集部様に感謝申し上げます。また、担当編集者のＭ様は愛を持って本作に寄り沿ってくださり、作品のクオリティの向上に多大なる貢献をして頂きました。本当にありがとうございます。

さらに、本作に携わってくださった全ての皆様、なにより、ここまで本作にお付き合いくださったあなたに、心から厚く御礼申し上げます。

それでは、本作が多くの人に届き、続刊フラグが立ちまくることを祈念しつつ、今回はこの辺で失礼致します。

富士見ファンタジア文庫

鬱《うつ》ゲー転生《てんせい》。

知《し》り尽《つ》くしたギャルゲに転生《てんせい》したので、鬱《うつ》フラグ破壊《はかい》して自由《じゆう》に生《い》きます

令和４年２月20日　初版発行

著者——穂積《ほづみ》　潜《もぐり》

発行者——青柳昌行

発　行——株式会社KADOKAWA
〒102-8177
東京都千代田区富士見2-13-3
0570-002-301（ナビダイヤル）
印刷所——株式会社暁印刷

製本所——本間製本株式会社

本書の無断複製（コピー、スキャン、デジタル化等）並びに無断複製物の譲渡および配信は、著作権法上での例外を除き禁じられています。また、本書を代行業者等の第三者に依頼して複製する行為は、たとえ個人や家庭内での利用であっても一切認められておりません。

※定価はカバーに表示してあります。
●お問い合わせ
https://www.kadokawa.co.jp/（「お問い合わせ」へお進みください）
※内容によっては、お答えできない場合があります。
※サポートは日本国内のみとさせていただきます。
※Japanese text only

ISBN978-4-04-074440-7 C0193　◇◇◇

©Moguri Hodumi, Tsubame Nozomi 2022
Printed in Japan

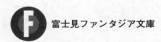

切り拓け！キミだけの王道
ファンタジア大賞
原稿募集中！
賞金
《大賞》300万円
《金賞》50万円
《銀賞》30万円
選考委員
細音啓「キミと僕の最後の戦場、あるいは世界が始まる聖戦」
橘公司「デート・ア・ライブ」
羊太郎「ロクでなし魔術講師と禁忌教典《アカシックレコード》」
ファンタジア文庫編集長
前期締切 8月末日
後期締切 2月末日
公式サイトはこちら！ https://www.fantasiataisho.com/